中公文庫

うぽっぽ同心十手綴り

恋文ながし

坂岡　真

中央公論新社

目次

恋文ながし

一

文化《ぶんか》二年、小正月。

寒月《かんげつ》は群雲に隠れ、ほろほろと雪が降っている。

積もる心配のない春の雪だが、長尾勘兵衛《ながおかんべえ》はあまりの寒さに温石《おんじゃく》を抱えこんだ。

「ふえっ、ふえっくしょい」

どうやら、湯冷めしちまったらしい。

銀次《ぎんじ》の女房に、かいまきまで借りてきた。そいつをあたまから被《かぶ》っても、からだの震えはとまらない。

なにしろ、猪牙《ちょき》の舳先《みよし》に座っている。川風は身を切るほどだった。

猪牙は鏡のような日本橋川を滑り、箱崎《はこざき》のさきから大川《おおかわ》へ躍《おど》りだそうとしていた。

「旦那、疝気《せんき》の虫はいかがです」

すぐうしろで、銀次が囁《ささや》いた。

「疼《うず》きよるわい」

疝気の痛みには睾丸《きんたま》を温めるのがいちばんだ。

勘兵衛は夕暮れから葺屋河岸《ふきやがし》にある「福之湯《ふくのゆ》」の湯舟に浸かりつづけた。岡っ引きの銀次が女房のおしまにやらせている銭湯は、朝風呂に訪れる馴染みの場所でもある。おかげで痛みはやわらぎ、長屋の嬶《かか》ァどもに「微笑仏《みしょうぶつ》よなあ」と崇《あが》められる福々しい顔は、海老のように茹《ゆ》であがった。

「旦那は新川河岸の浮瀬《うかむせ》に立ちより、美人女将《おかみ》の顔を愛《め》でつつ一杯引《し》っかけて帰《けえ》ろうと算段していなすった。ところがどっこい、そこへ三平《さんぺい》のやつが駆けこんできやがった」

万年橋《まんねんばし》のたもとに、女のほとけが浮かんだ。

下っぴきの三平は吐きすてるなり、柄杓《ひしゃく》に汲んだ水をがぶ呑みした。

深川《ふかがわ》の万年橋は、小名木《おなぎ》川が大川へ注ぐ手前に架かっている。長さ二十三間、幅二間、河口に架けられただけあって、たいそう立派な太鼓橋だ。

放生会《ほうじょうえ》に亀を売るところでもある。南詰めは御船蔵、北詰めには柾木稲荷《まさきいなり》の鬱蒼《うっそう》とした杜《もり》があり、稲荷社と道ひとつ隔てた対面には、黒塗りの御長屋に囲まれた紀州《きしゅう》藩下屋敷がでんと構えている。

　水死体をみつけたのは、紀州藩の番士だった。

　番士は草履取りをつかまえ、急いで不浄役人を呼んでこいと命じた。

　草履取りはそそっかしい男で、深川辺を縄張りとする本所の鞘番所《さやばんしょ》に走らず、わざわざ大川を渡って南茅場町《みなみかやばちょう》の大番屋へ駆けこんだ。

「大番屋にゃ、鯉さまが詰めておられやした。三平は野暮用で立ちよったついでに渋茶を啜《すす》り、世間話をしていやがった。するとそこへ、草履取りが血相変えて駆けこんできたってなわけで」

　三平は定廻りの「鯉さま」こと末吉鯉四郎《すえよしこいしろう》に命じられ、福之湯まで銀次を呼びにやらされた。

　そこに、たまさか臨時廻りの勘兵衛がおり、睾丸の皺《しわ》を伸ばしたりさすったりしていた。

　勘兵衛は吟味方与力の門倉角左衛門《かどくらかくざえもん》より、経験の浅い鯉四郎の指南役を仰《おお》せつかっている。湯上がりだからと捨てておくわけにもいかず、重い腰をあげた次第だった。

「銀次、おぬしに疝気の痛みはわかるまい。錐《きり》の先端で腹んなかを掻《か》きまわされておるような痛みさ」

「そこまで仰《おっしゃ》るんなら、砂村のお稲荷さんに詣られたらいかがです」

「ご利益はあるのか」

「なにせ、疝気の稲荷っていうくれえだ。その気になりゃ今からだって行けやすぜ、すすいのすいでさあ」

猪牙は箱崎を抜け、雪解けの水を満々と湛《たた》えた大川へ躍りだした。

船頭の二の腕にも力がはいる。

大川を真横に突っきれば、小名木川の入口は目と鼻のさきだ。

銀次の言うとおり、河口に架かる万年橋をくぐって小名木川を東漸《とうぜん》し、横川、横十間川と過ぎれば、そこは砂村である。

「たしか、稲荷は葦沼《よしぬま》のそばにあったな」

水草も腐る砂村の葦沼といえば、死人の亡骸《なきがら》を荼毘《だび》に付す火葬場のことだ。

「あっしはお供できやせんぜ」

「怖いのか」

「えへへ、足のねえのはどうも苦手で」

「銀次よ、おぬし、いくつになった」

「旦那とおんなじ五十三、東海道の宿とおんなじ数になりやした」

「泣く子も黙る葺屋町の親分ともあろうものが、いい歳こいて幽霊を怖がるたあな。可笑《おか》しくって臍《へそ》が茶を沸かしちまうぜ」

銀次は「すっぽん」の異名をもつ。悪党の尻尾《しっぽ》をつかんだら、雷が鳴っても放さない。数々の手柄をあげてきた。人望もあり、人情の機微もわかっている。が、何よりもこの男の偉いところは、長尾勘兵衛という男の気質に惚《ほ》れこんだ数少ない捕り方のひとりであるという点だ。

「何と言われようが、砂村にゃお供できやせんよ」

「ふふ、もしかしたらそのほとけ、葦沼から流れてきたのかもしれんぞ」

「またあ、よしてくだせえ、気味がわりい」

猪牙は御船蔵の船着場へ滑りこみ、ふたりは陸へあがった。

万年橋の北詰めには柾木稲荷の桟橋がある。流人船の纜《ともづな》が解かれる桟橋だ。

南詰めから対岸をのぞむと、こちらに気づいた三平が提灯を左右に揺らしてみせた。

雪は降りつづいているというのに、雲間から冴えた満月が顔を出した。

その瞬間、川岸に張りつく闇は剝《は》がれ、冬枯れの野面《のづら》に白いものが浮かびあがった。

「銀次、ほとけだな」

「へい、そのようで」

かいまきを被った同心と岡っ引きは太鼓橋を渡り、土手のしたへ降りていく。

提灯の炎ともども、三平の平目顔《ひらめがお》が近づいてきた。

「親分」

「おう、長尾さまにもごいっしょいただいたぜ」

「へ、こりゃどうも」

三平は以前、へっつい直しにかこつけて小金を盗む悪党だった。勘兵衛に縄を打たれ、重敲《おもたた》きの刑を受けたのちに改心し、銀次のもとへ預けられた。勘兵衛にはあたまがあがらない。

「野次馬はおらぬようだな。三平、本所廻りの連中は」

「おっつけやってめえりやしょうが、まだのようで」

「よし、鯉四郎はどうした」

「へ、あすこに」

三平が指差したのは、水死体から五間ばかり離れた灌木《かんぼく》の陰だった。

「あのとおり、嘔吐《へど》をお吐きに」

「詮方《せんかた》あるまい。のう、銀次」

「ふふ、死臭に馴れるまで三年は掛かりやしょう」

鯉四郎は六尺豊かな偉丈夫で、剣術も達者だが青臭い。役に就いてまだ半年、何かにつけて前のめりで、どうにも角々しさが抜けきらない。この道三十年の勘兵衛からみれば「ひよっこ」にすぎなかった。

一方、勘兵衛は五十を過ぎてすっかり角が取れ、小太りのからだつき同様に丸くなった。

ちかごろ、丸と四角はよく行動をともにしている。

「三平、ほとけは」

「三十路《みそじ》手前の痩《や》せた女で。みつけたな、紀州さまんとこの野上某《のがみなにがし》とかいう番方でやす」

三平はそう言って、暗い屋敷のほうへ顎《あご》をしゃくった。

鯉四郎は野上某をつかまえ、経緯を詳しく糺《ただ》そうとしたらしい。

ところが、野上は縁起が良くないのでこの場に居たくないと吐きすて、屋敷へもどったという。

「年の頃は三十のなかば、鼻面にでけえ疣《いぼ》のある横柄な野郎でやした」

「鼻面に疣か」

勘兵衛は三平の案内で、川の汀《みぎわ》へ歩をすすめた。

「こちらでやす」

筵《むしろ》に仰向けで寝かされているのは、意思のない屍骸《むくろ》だ。

「きれいなほとけじゃねえか」

銀次はぼそりとこぼし、筵のそばに屈みこんだ。

純白の薄衣に長い下げ髪、両手を胸に組んだ女は眸子《まなこ》を伏し目がちに開けている。白濁しかけた眼球は離れ気味で、薄い眉がいぶかしげに寄せられていた。

「銀次、蛙《かわず》だな」

「そのようで」

狂言面にある蛙は男の水死体に似せた顔というが、まさしく、女の顔は蛙であった。可憐《かれん》さの面影は偲《しの》ばれるものの、表情は憔悴《しょうすい》しきっている。蛙はまた、入水《じゅすい》した死人をしめす町奉行所《まちかた》の隠語でもあった。

「死んだのは二刻《ふたとき》ほどまえ、といったところか」

「雀色刻《すずめいろどき》から日没のあたりでやすね」

魚に突っつかれた痕跡もなく、一見すると傷みのないきれいな屍骸にみえるが、青魚を炙《あぶ》ったような腐臭をただよわせている。

勘兵衛はかいまきの襟《えり》を寄せて屈みこみ、屍骸の頭頂部から跣《はだし》の爪先まで嘗《な》めるように見下ろした。

「こいつは心中の線もあるな」

「へへ、さすがは旦那」

「おぬしもそうおもうか」

「足首と手首に紐《ひも》で結んだ痕《あと》がありやす。しかも、片方ずつだけ」

「ふたりで手足を縛って飛びこんだあと、男のほうが引きちぎった」

「心中のかたわれは死にきれず、生きちまったってことですかねえ」

男の不心中者に下される刑は、打ち首である。

ふたりの見立ては一致したが、こたえを出すのはまだ早い。

心中にみせかけた殺しの線も捨てきれないからだ。

「銀次、どうおもう」

「さあて。女の身許さえわかりゃ、おのずと真相は浮かんでめえりやしょう」

「ふむ、まずは女の身許だな」

勘兵衛は頷《うなず》き、耳をぴくりと動かした。

鯉四郎が枯草を掻きわけ、蒼い顔でやってくる。

「あ、長尾さま、ご苦労さまです」

「おう、ほとけの調べは済ませたのか」

「はい」

「なればよし、存分に嘔吐を吐け」

「もう吐けません」

鯉四郎は顔をしかめた。

突如、三平の声が耳に飛びこんできた。

「てえへんです。本所廻りの連中がやってきやす」

提灯持ちの小者に先導させ、ふたりの男が土手にすがたをあらわした。

ひょろ長い四十男は「びんぞり」の異名をもつ岡っ引きの文七《ぶんしち》、肩を怒らせた固太りの男は本所廻りの宍戸《ししど》馨之介《けいのすけ》である。

宍戸は勘兵衛と同輩の同心だが、自分のほうが「遥かにできる」と信じている。公然と袖の下を要求する評判の芳《かんば》しくない人物だ。

本所には江戸最大の夜鷹《よたか》会所があり、深川には七場所と称する岡場所がある。その気になれば、いくらでも甘い汁を吸うことができた。そのため、与力から小者にいたるまで、本所廻りの縄張り意識は並大抵のものではない。

勘兵衛はかいまきを脱ぎ、三平の手に抛《ほう》った。

さっそく、宍戸が怒声を張りあげた。

「この野郎、他人の縄張りで何していやがる」

ふんぞりかえった宍戸の隣で、文七はへらついている。

「けっ、阿呆面さげて今ごろ来やがって」

銀次が聞こえよがしに吐きすてると、こんどは文七が怒鳴った。

「るせえ、風呂屋のすっぽんはすっこんでろい」

「あんだと」

「やるってのか、え、おしまのでけえ尻に敷かれた親分さんよう」

「この野郎、女房までこけにしやがったな」

岡っ引き同士の掛けあいを尻目に、宍戸は悠揚と近づいてくる。

「おう、うぽっぽ、聞いたぜ。うすのろの草履取りが大番屋《そっち》へ駆けこんだんだってなあ。何でよりによって、てめえみてえな役立たずが出ばってきたんだ」

宍戸という男は懲《こ》りもせずに、まいどおなじような悪態を吐く。

勘兵衛は挑発に乗る気にもならず、頬に笑みを浮かべてみせた。

顳顬《こめかみ》をひくつかせたのは、鯉四郎のほうだ。

「おっと、新入りの木偶《でく》の坊《ぼう》もいっしょか。おめえ、ほとけを拝むたびに、げろってんだってなあ、情けねえ野郎だぜ。ま、どうでもいいが、早《はえ》えとこ消えちまいな」

「なんだと、この」

激昂《げっこう》する鯉四郎を抑え、勘兵衛はほとけから離れた。

「素直じゃねえか。さすがはうぽっぽ、南町でいちばんの腰抜けだぜ」

いつのころからか想い出せぬが、勘兵衛は南町奉行所で「うぽっぽ」と呼ばれるようになった。うぽっぽとは暢気者《のんきもの》、浮かれて遊びあるく者などをさす。相手を小莫迦《こばか》にした呼び名だ。

なるほど、廻り同心を仰せつかって以来、華々しい手柄をあげたことは一度もない。同僚や後輩、上役にまで請われ、手柄はすべて譲ってきた。気が優しいのか、人が好《よ》すぎるのか、ともかく、勘兵衛には野心の欠片《かけら》もない。

雨が降ろうと槍が降ろうと、ただひたすら江戸の町を歩きまわる。足腰は強い。町々の自身番から自身番へ、橋詰めの広小路《ひろこうじ》から寺社境内の盛り場へ、一日に八里は優に歩く。てくてくと歩きまわるのが、廻り同心の役目と信じていた。

もちろん、市井《しせい》の隅々に目を配り、困っているものがあれば助けてやる。ときには御法《ごはっ》度《と》を破ってまで、人を救うこともあった。が、目こぼし料は一銭も受けとらない。金のためではなく、情に動かされて人を救うのだ。

救われた者に、誰ひとりとして吹聴《ふいちょう》するものはいない。勘兵衛は目立つことが嫌いだった。そうした性格ゆえに、奉行所内では隠居間近の能無しとおもわれている。

このごろでは、貧乏長屋の嬶ァまでが「うぽっぽの旦那」と親しげに呼びかけてくる。何事にもこだわらない性分なので、誰に何と呼ばれようが気にはならない。むしろ、自分に似つかわしい綽名《あだな》かもしれぬと、最近になっておもえていた。

「さあ、帰《けえ》った、帰った」

文七にまで「しっ、しっ」とやられ、勘兵衛たちはその場から去った。

万年橋から川縁を見下ろすと、あいかわらず、屍骸だけが白く浮かんでみえる。

鯉四郎も銀次も、三平までもが怒りの持って行き場に困っていた。

ひとり勘兵衛だけが、涼しい眼差《まなざ》しをしている。

「長尾さま、あれだけ莫迦にされて、黙っておられるのですか」

「果たし合いでもせよというの」

「のぞむところです」

「莫迦を言うな。ああした手合いと角突きあわせても百害あって一利も無し、関わらぬのが利口というものさ。そんなことより、ほとけを調べて何か気づいたことは」

「あ、そういえば」

鯉四郎は袂《たもと》をまさぐり、花色模様の描かれた畳紙《たとう》を抜きだした。

「襟の裏に縫いつけてありました」

「いわくありげな品だな」

「それが、中身は葉っぱが一枚」

「葉っぱ」

「ご覧ください」

鯉四郎は畳紙から矢羽のような細長い葉をつまみ、勘兵衛に手渡した。

「何の葉かな」

「このあたりで見掛けぬ種類のようです」

「そのようだな」

勘兵衛は葉っぱを月光に翳《かざ》し、ついでに葉裏で眉間《みけん》の黒子《ほくろ》を撫《な》でた。

「まじないですか」

「よく当たると評判の筮竹《ぜいちく》占いがおってな。これは地紋《じもん》と称する縁起の良い黒子、思案が煮詰まったときなぞ、こうして撫でると効験があるらしい」

「まことですか」

「ああ、まことさ」

誰が聞いても眉唾《まゆつば》な占いに、勘兵衛は一朱も払っていた。

「鯉四郎よ、一枚の葉っぱが幸運をもたらしてくれるやもしれぬな」

「されば、長尾さまはこの一件を」

「とことん調べあげるさ」

「ふほっ、さようですか」

「あたりまえだ、のう銀次」

「仰るとおり、いちど関わったほとけを見捨てるわけにゃいかねえ。それが十手持ちの心意気ってものでさあ」

鯉四郎は感じいったように、頷いてみせた。

いつのまにか雪は熄《や》み、疝気の虫もおさまっている。

「おうい、うぽっぽ」

川縁から、宍戸馨之介が叫びかけてきた。

「おぼえとけ、手出ししたら承知しねえかんな」

「ふん、山狗《やまいぬ》が吼《ほ》えていやがる」

ぺっと、銀次が唾を吐いた。

どうせ、宍戸たちは本腰を入れて調べもせず、世をはかなんだ女の身投げでこの一件を落着させるにきまっている。

――そうはさせないで。

ひゅるると、万年橋に寒風が吹きぬけた。

勘兵衛の耳には、はっきりと女の囁《ささや》きが聞こえていた。

二

八丁堀《はっちょうぼり》のまんなかを縫うように堀川が流れ、中途で川の屈折するあたりに地蔵橋が架かっている。橋のすぐそばに、勘兵衛の同心屋敷はあった。

百坪足らずの平屋は満天星《どうだん》の垣根に囲まれ、気ままに出入りできる簀戸門《すどもん》がいつも開いている。

三日後、女の身許が判明した。

「元赤坂の型紙商、白子屋喜十《しらこやきじゅう》の妾《めかけ》で名はおとせ」

小名木川沿いにある扇橋町のしもた屋で囲われていた。

「ふうん、型紙商の妾なあ」

陽だまりのできた縁側に座り、勘兵衛と銀次は蕎麦茶《そばちゃ》を啜っていた。

正月になって初の非番だが、勘兵衛は鼻風邪を引いてしまった。

放っておくと、洟水《はなみず》がたらたら流れてくる。

「ぐしゅっ」

「父上、だいじござりませぬか」

奥から心配そうな声が掛かり、愛娘《まなむすめ》の綾乃《あやの》が茶菓子の載った盆を手にしてあらわれた。

銀次が、わざとらしく驚いてみせる。

「ほほう、こいつはたまげた。お嬢さまは二十歳《はたち》の声を聞いた途端、急に大人びておしまいになった」

「親分、つい先だってもおんなじ台詞《せりふ》を」

「吐きましたか、そうでしたっけね」

「半端な色っぽさじゃねえ。柳橋の芸者でもかなうまいと、かように仰いましたよ」

「そんな失礼なことまで」

「仰いましたよ。ねえ、父上」

「ぐしゅっ、そうであったかな」

「まあ、おとぼけですか」

綾乃は、ぷっと頬を膨《ふく》らませた。

正座するなり煎餅《せんべい》を一枚拾い、ぱりっと可愛らしく齧《かじ》ってみせる。

「綾乃、それは堀江《ほりえ》町の翁《おきな》煎餅か」

「はい」

「銀次にはいつも翁煎餅ではないか。丸屋《まるや》播磨《はりま》の求肥《ぎゅうひ》があったであろう、あれを出しなさい」

「仁徳《にんとく》先生が食べておしまいに」

「なっ、あれは門倉さまからの頂き物ぞ」

「頂いたのは暮れにござります。いくどとなく、おすすめしたではありませぬか」

「もったいのうて食べられなんだわ。せっかく楽しみにしておったのに」

勘兵衛は酒は呑むし、甘いものにも目がない。

「お小言なら、仁徳先生に仰っていただきとうござります。したたかにお酔いになられてお勝手を漁《あさ》り、茶簞笥《ちゃだんす》の奥から引っぱりだして食べちゃったんですから」

銀次は、はらはらしながら、父と娘のやりとりを聞いている。

長尾家は父ひとり娘ひとり、綾乃は母の顔を知らない。男手ひとつで育てられた。

母の静《しず》は綾乃を産み、忽然《こつぜん》と家を出てしまった。

理由はわからない。勘兵衛は死に物狂いで捜しつづけたが、二十年経った今も生死すらわからず、行方知れずのままだ。

綾乃は母が水茶屋の看板娘だったことと、勘兵衛のひとめぼれで強引に所帯をもったことくらいしか知らない。母に捨てられたともおもっておらず、恨みなどは抱いていなかった。

ただ、折に触れて、ずんと寂しくなるときがある。

昨年、門倉角左衛門の骨折りで、古参与力の家から縁談を持ちこまれたときもそうだった。

気持ちはぐらついたが、祝ってくれる母親のいないことが寂しかった。

引け目のようなものも感じたし、何よりも、勘兵衛ひとりをのこして嫁いでしまう決心がつかなかった。

一刻も早く片づいてしまえと、勘兵衛はいつも強がりを言う。

それはそれで本心にはちがいないが、縁側に座った寂しげな後ろ姿なぞを眺めると、家を出ることなど考えられなくなってしまう。

じつは、勘兵衛も双親《ふたおや》の顔を知らない。

養父母に教わったはなしでは、亀戸《かめいど》天神の鳥居の根元に捨てられていたという。

宮司に拾われ、養子に貰《もら》われていったさきが風烈《ふうれつ》廻り同心をつとめる長尾家だった。心優しい同心夫婦は勘兵衛を一人前に育てあげ、住む家と働く場所を遺《のこ》してくれた。

勘兵衛はそうした出自について語ろうともしないが、綾乃はすべてを知っている。

金瘡医《きんそうい》の井上《いのうえ》仁徳が、微酔《ほろよ》い気分で教えてくれた。

仁徳は先代からの間借り人で、綾乃は祖父のように慕っている。

銀次が、ずずっと蕎麦茶を啜った。

「仁徳先生の胃袋にはいったんじゃ、求肥もさぞかし本望でやしょう。お嬢さま、よろしいんですよ、あっしは翁煎餅が茶菓子んなかでいっとう好きだ」

「これ銀次、心にもないことを申すな」

「嘘じゃござんせんよ。ほら、この香ばしさがたまらねえ」

綾乃は目に涙を溜め、煎餅をまた齧った。

そこへ、仁徳が救い主のようにあらわれた。

「おい、綾乃、腹に刺身包丁の刺さった野郎が担ぎこまれてきやがった。縫わねばならぬでな、ちと手伝ってくれ」

「はい、すぐにまいります」

綾乃は指で涙をぬぐい、滑るように奥へ引っこんだ。

仁徳は眸子を細め、白い鯰髭《なまずひげ》をしごいてみせる。髪も真っ白で茶筅髷《ちゃせんまげ》に結い、還暦を疾《と》うに超えているはずだが、肌の艶《つや》は若々しい。

「通いのおよね婆《ばあ》が腰を痛めてな、手が足りんのよ」

「先生、あっしも手伝いやしょうか」

銀次が水をむけると、仁徳はぎろっと睨《にら》みかえした。

「おめえにゃ頼まねえ。患者のことを平気で撲《なぐ》っちまう野郎だからな」

「そいつは先生のほうだろう。痛《いて》え痛えと泣きわめく患者を脅しつけ、黙らせちまうんじゃねえか」

仁徳はただの金瘡医ではない。三十数年来、町奉行所の検屍《けんし》に関わってきた。口の悪さは天下一品だが、所見の正確さには定評がある。町奉行所のお偉方に知りあいも多く、不浄役人など屁《へ》ともおもっていない。

「あの」

「なんじゃ、うぽっぽ、洟水を垂らしおって」

勘兵衛は紙で洟水をぬぐい、どろんとした眸子をむけた。

すこし、熱も出てきたようだ。

「腹に刺身包丁が刺さった男は、どんな具合です」

「なあに、案じることはない。急所ははずれておる」

「誰に刺されたのですか」

「自分でやったのさ」

「自分で」

「博打《ばくち》好きの半端者が、侍のまねこいて腹あ切ろうとした。理由なんざわからねえ、誰だって死にたくなることはある。へへ、残念だったな、おめえたちの出る幕はねえよ」

仁徳は仕度を終えた綾乃をしたがえ、治療部屋のある表口へ消えた。

縁側に静けさが舞いもどり、煎餅をぱりぱり食う音だけが庭に響いた。

枯れ寂びた満天星の垣根を眺め、勘兵衛はぽつりとこぼす。

「ところで、どこまではなしを聞いたかな」

「へ」

「型紙商の妾のはなしだ」

「あ、それなんですがね、おとせって女は伊勢《いせ》出身の芸者だったそうです」

「伊勢の出か」

「白子屋喜十も、そもそもは伊勢白子の型彫り職人だったとか」

「一介の職人が元赤坂に大店《おおだな》を構える主人におさまった。絵に描いたような立身出世物語だな。ふたりは同郷のよしみから近づき、浅からぬ仲になったというわけか」

白子屋は数年前に妻を病気で亡くしていた。亡き妻に操《みさお》を立て、おとせを正妻にしなかったらしい。

「ひとまずは、心中の線からあらってみやした」

「怪しい男でもみつかったのか」

「へい」

「さすがは銀次、まいどながら期待を裏切らぬ」

「白子屋の手代で長次《ちょうじ》というのがおりやしてね、小正月の夕刻時分、万年橋の近くで何人かが見掛けておりやす」

「ほう」

「長次は白子屋に出入りする型彫り職人の倅《せがれ》で年は二十歳、十から丁稚《でっち》奉公にあがっておりやしてね、真面目《まじめ》だけが取り柄の男だとか」

「真面目なだけに思いこみも激しい。そいつが仇《あだ》になったのかもな」

「長次はおとせのところへ、三日に一度は使いに出されておりやした。それで懇《ねんご》ろになった。熟れた妾に粉をかけられりゃ、てえげえの若僧は蕩《とろ》かされちまう。長次はいけねえこととは知りつつも、世話になってる主人の妾に惚れた」

ふたりは深い仲になり、逢瀬《おうせ》をかさねたものの、所詮はかなわぬ恋路の果てに、おもいあまって心中するしか道がなくなった。

「仲良く連れだって小名木川へ身を投げたまではよかったが、長次だけは死ねずに生きのこった。そんなところでしょうかね、旦那」

「小芝居の筋書きみてえな気もするが、ま、そんなところだろう、ぐしゅっ」

「ちょいと気になることがありやす。びんぞりの文七が、めずらしく方々を嗅《か》ぎまわっていやがるんで」

「そいつはまた、どういう風の吹きまわしだ」

「甘い汁が吸えねえかぎり、本所廻りは動かねえ」

「誰かに頼まれたか」

「白子屋喜十かも。妾を失った恨み辛み、心中であったというのなら、草の根を掻きわけてでも、生きのこった片相手を捜してほしい。そうやって頼んだのかもしれやせん」

「どうかな、この一件はまだ表沙汰になってはおらぬ。白子屋も世間に恥をさらすようなまねはしたくあるまい」

「つまり、ほじくらねえでそっとしておきてえと」

「わしが白子屋なら、そうしてもらえるほうに金を積む」

「だったら、いってえ誰に頼まれたんでしょうね」

「そいつを調べてみても、無駄にはなるまい」

「なるほど」

銀次は考えこみ、つっと顔をあげた。

「それから、もうひとつ」

「ん、なんだ」

「元赤坂にゃ、紀州さまの上屋敷がごぜえやす。伊勢は紀州さまの飛び地御領内、白子屋は紀州さまの御用達《ごようたし》でやした」

「ふんふん、ほとけがみつかったのも紀州藩下屋敷のそば、ちと気になるな」

「なにはともあれ、まずは長次でやすね」

「今から逢ってみるか」

「へ、わざわざ旦那が」

「逢えばわかることもあろう」

「風邪を治してからのほうが、よかありやせんか」

「のんびりしてもおられまい」

「承知しやした」

銀次は、ぬるくなった蕎麦茶を啜った。

枯れ寂びた庭に緑はなく、朽ち葉色に沈んでいる。

「旦那、葉っぱがずいぶん落ちゃしたねえ」

「抛っておくさ」

「そうはいかねえ。この一件が片づいたら掃除させてもらいやすよ」

「すまぬな、いつも」

「なあに、お安い御用でさあ」

雲が空を覆い、ぽかぽかしていたはずの縁側が次第に翳《かげ》りはじめた。

三

夕刻、ふたりは元赤坂にある白子屋の敷居をまたいだ。

なかなかの大店である。紀州藩の御用達だけに間口は広いし、奥行きもあった。

ただ、今日にかぎってのことなのか、客や職人の出入りは皆無で、竹箒《たけぼうき》を握った丁稚小僧がひとりいるだけだ。

妙だなと、勘兵衛はおもった。

「ちょいとごめんよ」

銀次が気軽に声を掛けると、小僧は返事もせずに奥へ引っこんだ。

「なんでえ、躾《しつけ》がなってねえな」

白子屋は江戸小紋の型紙ばかりか、染めつけの生地もあつかっている。

薄暗い店内には、染料の匂いがたちこめていた。

「白子屋の主人は代々、紀州さまから苗字帯刀を赦《ゆる》されておりやす」

「ほう」

「苗字は岡山《おかやま》。岡山喜十といやあ深川あたりじゃ、ちょいと知られたお大尽だそうで」

喜十は白子屋の三代目だが、型彫りの腕一本で成りあがった職人気質《かたぎ》の娘婿、先代の一人娘と駆けおちまでしていっしょになった傑物という。職人たちのあいだでも面倒見の良い人物と評判らしく、型紙商仲間の肝《きも》煎《い》りもつとめていた。

「年頃の娘がひとりおりやす。何の因果か、白子屋にゃ娘しか産まれねえらしい。名はおさや、紀伊屋敷へ女中奉公に出されておりやしてね、それが万年橋のそばにある例の下屋敷なんでさあ」

「ほう」

「白子屋は愛娘のことが心配でたまらず、月に一、二度は奥向きに贈答品を差し入れするほどの親馬鹿ぶり。聞くところによりゃ、おさやはこの春、めでたく日本橋の呉服問屋へ嫁ぐことがきまったそうで」

「ふうん」

勘兵衛は、興味なさそうに相槌《あいづち》を打った。

洟水は何とかおさまったが、こんどはあたまがずきずき痛む。

「嫁ぎ先は呉服問屋の江戸屋、知らぬものとてない大店で、巷間《こうかん》じゃ伊勢から江戸への輿《こし》入《い》れと評判になっておりやす。そうなるってえと、白子屋の身代は誰が継ぐのかってことになりやすが、じつは江戸屋にゃろくでなしの次男坊がひとりおりやしてね、そいつを養子に迎えるとか迎えねえとか。どうやらこいつは、江戸屋のほうから縁談とひとくくりに押しつけられたはなしにちげえねえ、へへ」

銀次は笑いかけ、ふっと真顔にもどった。

憔悴しきった大柄の中年男が、音もなくあらわれたからだ。

鈍色《にびいろ》の紗綾形《さやがた》小紋の裾《すそ》をぱんと叩いて正座し、男は床に三つ指をついた。

「手前が白子屋喜十にござります」

「おう、そうかい。みてのとおり、お上の御用だぜ」

「失礼ですが、北町のお役人さまであられましょうか」

「南町だよ」

「妙ですな。南町のお役人さまなら、さきほどおみえになられましたが」

おみえになったどころか、店内で捕り物があったと聞き、銀次は仰天した。

勘兵衛は顔色も変えず、片眉をきゅっと吊《つ》りあげただけだ。

白子屋に人が寄りつかない理由は、捕り物騒ぎのせいだった。

肩を怒らせて踏みこんできたのは、宍戸馨之介とびんぞりの文七である。

狙った獲物は手代の長次、問答無用で縄を打ち、しょっぴいてしまったのだ。

「長次は、おとせの一件で縄を打たれました」

喜十はがっくり肩を落とす。

「まさか、あの長次が不義密通をはたらいておったとは……いまだに、信じられません」

文七にそれと聞かされ、喜十は顎をはずしかけたという。

妾であっても不義密通が発覚すれば、間男と一緒に旦那から重ねておいて四つにされても文句はいえない。ただし、実際は血をみることもなく、ほとんどが示談となる。相場は七両二分、それは贈答用の十両判を両替屋へもちこんだときに貰える金額だった。

だが、不義密通の相手が主筋の内儀や妾ともなれば、罪は一等重くなる。商家の主人が恥をしのんで町奉行所へ訴えでた場合など、奉公人の分際で主人を裏切るとは言語道断と叱られ、間男には遠島などの重い罰が科された。

女の所持品から恋文めいた便りでもみつかれば、もはや、どのような言い逃れも通用しない。褥《しとね》で契りを結ばずとも、それだけで男女とも罪に問われる。あれよというまに崖っぷちに立たされ、心中の道行きを選ぶ者たちもあった。死ねば悩みから解放され、楽になるとおもってしまうのだ。

ともあれ、長次は縄を打たれた。

本所廻りにしては、素早い行動をとったものだ。

「ちくしょうめ」

口惜《くちお》しがる銀次は、先を越されたというおもいが強い。

喜十は床に手をつき、くっと顎をあげた。

「南町のお役人さまならば、詳しい経緯をご存じのはず。長次のやつはまことに、おとせを殺《あや》めたのでしょうか」

「なんだと」

長次は心中の片相手として捕らえられたのではなく、おとせ殺しの下手人として挙げられたのだ。

これには、勘兵衛もいささか驚いた。

「ご主人、申しおくれたが、わしは臨時廻りの長尾勘兵衛と申す」

「臨時廻りの長尾さま」

「さよう、本所廻りとは所帯こそおなじだが、別居中の夫婦のようなものでな、きゃつらめはちと先走る癖がある。その点、心しておかれよ」

「はあ」

「つまり、役人の申すことなぞ鵜呑《うの》みにせぬほうがよい」

「長次が捕まったのは、何かのまちがいだと仰せですか」

「それを調べるのが、わしらの役目よ」

勘兵衛はおもむろに大小を抜き、上がり框《かまち》に腰を掛けた。

「これは気づきませんで。どうぞ、おあがりくださいまし」

「いや、ここで結構」

「なれば、すぐにお茶を」

喜十が手を打つと、さきほどの丁稚小僧が阿吽《あうん》の呼吸で緑茶を淹《い》れてきた。

みかけによらず、気が利く小僧のようだ。

「仙吉《せんきち》、ご挨拶《あいさつ》を」

小僧は床に正座し、丁寧にあたまをさげた。

「おめえ、年はいくつだい」

銀次が問いかけると、仙吉は両手をひろげ、指を二本立てた。

「十二ってことか。おめえ、ひょっとして」

仙吉の替わりに、喜十がこたえた。

「この子は生まれつきことばを発しませんが、誰よりも気配りのできる子でして。じつはこの仙吉を、長次は弟のように可愛がっておりました」

「なるほどなあ」

長次は心根の優しい男だが、こうときめたら梃子《てこ》でも動かぬ芯《しん》の強さも兼ねそなえているという。

「三つで母親に死なれ、頑固一徹な父親に育てられました。十のころから丁稚奉公にあがり、十年真面目につとめあげて手代になった。それだけに、手前には裏切られたことが信じられぬのです」

「ご主人、長次はまだ下手人ときまったわけではないぞ」

「されど、お役人さまの仰せでは、おとせが入水した小正月の夕刻時分、万年橋のそばで長次を見掛けた御仁が何人もあったとか」

「それが動かぬ証拠《あかし》とはならぬ。だいいち、長次がどうして、おとせを殺めねばならぬのだ」

「切れ話がこじれたのではないかと」

「本所廻りが申したのか」

「はい」

長次はおとせから別れ話を持ちかけられ、あたまに血がのぼって凶行におよんだ。

「おとせは首を絞められて死んだと、知らされましたが」

「そいつはおかしいな」

勘兵衛と銀次の検屍では、そうした痕跡はみつかっていない。

そのことひとつとっても、本所廻りの遣《や》り口《くち》には強引さが感じられた。

「やつら、何を焦っておるのだ」

勘兵衛はひとりごち、温かい茶碗を握りながら喜十に顔をむけた。

「このところ、長次に何か変わった点は」

「すこしばかり鬱《ふさ》ぎこんだ様子ではございましたが、元来が寡黙な性分ゆえ、気にも掛けませなんだ。むしろ、そのあたりは長助《ちょうすけ》にお尋ねいただいたほうが」

「長助とは型彫り師の父親かい」

「はい、隣町の安兵衛店《やすべえだな》にずっと住んでおるもので、長次が手代になったのをきっかけに父親のもとから通わせておりました。障子戸に丁字文《ちょうじもん》の描かれた部屋なので、すぐおわかりになるかと」

「ふむ、顔を出してみよう」

喜十は長助の所在を詳しく教えてくれた。

「お役人さま」

「何だ」

「手前は、おとせに惚れておりました。あれは手前とおなじ伊勢の出で、苦労した甲斐あって深川の仲町《なかちょう》でも一、二を争う芸妓《げいこ》に成りあがった。生きざまに惚れ、請けだすことにきめたのです」

それは二年前のはなし、おとせにはずっと尽くしてきたつもりだし、おとせのほうも心底から感謝している様子だったのにと、喜十は涙ぐむ。

「間男の影は、微塵《みじん》もなかったと申すのか」

「気づかぬ手前が莫迦だったのかもしれません。なれど、たとい情夫《いろ》があったにしても、それが長次だとはおもえぬのです」

喜十も吐きすてるとおり、隠された真相は別にあるような気がする。

「ご主人、ともかく、今は長次を信じて待ってやることだ」

「はい」

うなだれる喜十に別れを告げ、勘兵衛は店を出た。

四

長次は捕縛され、本所の鞘番所へ連れていかれた。

そちらの様子は銀次に探らせることにして、勘兵衛は長助のもとを訪れてみようとおもった。

陽は落ち、棟割長屋の建ちならぶ露地裏には寒風が吹きぬけている。

頭痛はひどくなる一方だが、おかげで疝気の虫は鎮まってくれた。

白子屋喜十によれば、安兵衛店に住む居職《いじょく》のほとんどが伊勢白子出身の型彫り職人だという。

型彫り職人にも四種類あった。

鮫《さめ》や霰《あられ》文様は錐彫り、菊型文様なら突彫《つきぼ》り、千筋や万筋や七宝繋《しっぽうつな》ぎには縞《しま》彫り、丁字文様は道具彫りと、彫りの技法に応じて厳然と分かれているのだ。

長助は道具彫りの名人で、丁字の蕾《つぼみ》を象《かたど》った文様を得意とするらしかった。

道具彫りでは、小刀の刃そのものを桜や菊、亀甲《きっこう》や菱といった文様に加工し、何本かの小刀を柄に合わせて使いわける。刃の研ぎに五年、製作に十年、使いこなすのに一生かかるといわれ、いずれにしろ、熟練の技を要する技法にほかならなかった。

喜十に教わったとおり、腰高障子には丁字文が大きく描かれていた。

行燈《あんどん》の灯に浮かぶ丁字の蕾は何百分の一かに縮小され、江戸小紋の見事な柄となる。

「ごめん」

障子戸を開けると、九尺二間《くしゃくにけん》の狭い部屋の奥から血走った眸子で睨みつけられた。

長助は卓袱台《ちゃぶだい》を兼ねたあて場にむかい、せっせと型紙を彫っているところだ。

勘兵衛の風体《ふうてい》を見定めても、いっこうに動じる気配はない。

むしろ、刺々《とげとげ》しい眼差しをむけてくる。

「邪魔してすまぬな」

「何でやしょう。莫迦息子のことなら、お仲間がしょっぴいていかれやしたぜ」

「ちとはなしが訊《き》きたい。そこに腰掛けてもよいか」

「どうぞ」

長助は投げやりな調子で吐き、口をへの字に曲げた。

みるからに頑固一徹の職人気質《かたぎ》、愛想とは無縁の男らしい。

ささくれだった畳には四寸ほどの細長い型紙が散乱しており、煙管《キセル》のやにと柿渋の入りまじった臭いがたちこめている。

勘兵衛は歩みより、上がり框にどっかり腰をおろした。

「ほう、これが江戸小紋の型紙かい。ずいぶん丈夫にできておるのう」

「染めつけの職人が何十回となく染料に浸し、表面を篦《へら》で擦《こす》りやす。地紙は丈夫じゃなきゃ使い物にゃならねえ」

型紙に使う和紙は、美濃産の楮《こうぞ》を漉《す》いてつくる。和紙を三年余り寝かせたあと、柿渋を縦横に塗って何度となく燻《いぶ》し、仕上げに乾燥させてようやくできあがる。

「ふうん、そうやってできた地紙を何枚も重ねて彫るのか。おもった以上に力が要りそうだな」

「馴れちまえば、なんてことはありませんや」

「おぬしの指、妙な方向に曲がっておるではないか」

長助は、小刀の形状に合わせて変形した指をみせてくれた。

そして、たくみな誘いに乗せられ、ぼそぼそ喋《しゃべ》りはじめた。

錐彫りの名人は一寸角のなかに千箇の穴を穿《うが》つことができるとか、縞彫りの名人は一寸の間隔で三十三本の縞を彫ることができるとか、そういったはなしだ。

しばらくすると、長助はむっつり黙りこんだ。

「どうした、鬱ぎこんじまって」

「旦那、いってえ何のご用です」

「ここ数日、息子の長次に変わった点はなかったかい」

「そんなことを聞いて、何になるってんです。あの莫迦は白子屋さんの顔に泥を塗りやがった。手っとりばやく、獄門台へでもおくっちまってくだせえ」

「気の短けえ野郎だな、おめえも」

勘兵衛は地金を出し、べらんめえ調で嚇《おど》しあげた。

「長次は殺《や》ってねえ。そう信じてやるのが親ってもんじゃねえのか」

「でも、旦那」

「がたが抜かすんじゃねえ。可愛い息子がしょっぴかれたってのに、よくも机に齧りついていられるもんだぜ。なあ長助よ、おめえの息子が本所の鞘番所で今ごろどんな目に遭《あ》わされているか、わかってんのか」

おそらく、責め苦を味わっているはずだ。

「この寒いなか裸に剝《む》かれ、箒尻で背中を叩かれてな、皮膚が裂けたら塩を擦りこまれる。そうすりゃ、てえげえの野郎は吐いちまうんだよ、殺ってもいねえのに自分が殺りましたとな。おめえも人の親なら、這《は》いずりまわってでも子の命乞いをしてみろ。お上にも慈悲ってもんがあるんだぜ。そいつに縋《すが》ってもみねえで、世間体ばっかし気にしやがって。親のおめえが命を捨てる覚悟をきめねえかぎり、金輪際、長次はもどってこねえぞ」

長助は俯《うつむ》いたまま、顔をあげようともしない。

「おめえ、長次が可愛かねえのか」

「そりゃあ」

可愛いにきまっている。

「なあ、親爺さんよ」

勘兵衛はころっと態度を変え、優しく語りかけた。

「長次って名は、おめえの得意な丁字から採ったんだろう」

「はい」

白子の型彫りを継いでほしい一念で、付けた名だという。

ところが、長次は誰よりも、手先の不器用な子供だった。

「どれだけ修業を積んでも、ものにならねえ。そいつを見抜いたあっしは白子屋のご主人さまにお願いし、十で丁稚に拾ってもらったんです」

長助はのっそり起きあがり、何をするかとおもえば、茶を淹れはじめた。

「構うなよ」

どうせ不味《まず》い茶だろうと期待せずに呑んだ途端、勘兵衛の顔に酸っぱそうな笑みがひろがった。

「ほっ、こりゃあ何だ」

「梅茶でやす。お風邪を召しておられるご様子なので」

「わかるか」

「鼻は赤《あけ》えし、目はとろんとしておられる。それでも、旦那はこんな小汚ねえ長屋に足をはこんでくだすった」

「白子屋が言ってたぜ。長次がおとせを殺めるはずはねえとな」

「ご主人さまが、そんなことを」

「ああ、そうよ。長次のことを案じておったわ」

長助は床に目を落とし、ぐすっと洟水を啜りあげた。

「わしはな、この目でおとせの屍骸をみた。首を絞められた痕なんざ、どこにもなかったぜ。なのに、本所廻りは長次をしょっぴきやがった。妙じゃねえか。なあ、おもいだしてみな。ここ数日、長次に変わった様子はなかったかい」

長助は腕を組み、宙をみつめた。

「あいつ、藪入《やぶい》りを待ち遠しそうにしてたっけ」

「藪入りか」

春の藪入りは睦《む》月《つき》十六日、おとせが死んだ小正月の翌日だ。奉公人が春夏二度しかない藪入りの休日を楽しみにするのはあたりまえで、別に変わったことではない。

「それが、小正月の晩もいつもと変わらねえ様子でして」

「晩というのは」

「裏木戸の閉まる亥《い》ノ刻《こく》あたりでやす」

「おとせが川に浮いたあとか。なるほど、いつもと変わらねえのが、かえっておかしいってわけだな、そりゃそうだ」

心中の片相手で生きのこったら、平常心ではいられまい。ましてや、人を殺めた男が嬉しそうな顔をしているわけがなかった。

「でも旦那、怪しいところもなくはねえんで」

「と、言うと」

「あいつ、夜更けにそっと部屋から抜けだしやした。気になって後を跟《つ》けてみやすと、お稲荷さんの脇で何やら、がさごそと」

「がさごそと」

「ふところから、でえじそうに取りだしたものを、眺めては笑っていやがった。背筋がぞくっとしやした。長次のやつは気がふれたんじゃねえかと、そう、おもっちまって」

「ふところから取りだしたものってのは、何だったんだ」

「それが葉っぱなんで。あいつ、葉っぱを眺めながら嬉しそうにしていやがった」

勘兵衛は逸《はや》る気持ちを抑え、袖の奥をまさぐった。

花色模様の畳紙を取りだし、矢羽状の細長い葉をつまんでみせる。

「長助、葉っぱってのはこれか」

「お、そいつだ、まちげえねえ」

「何の葉かな」

「さあ、このあたりじゃ見掛けねえ代物でさあ」

「そうかい、おめえにもわからねえか」

勘兵衛は、胸の裡《うち》で溜息を吐いた。

おとせが所持していたのとおなじ葉を、長次も手にしていたのだ。

何かの符帳なのか。ともあれ、繋がってほしくない糸が繋がってしまった。

やはり、おとせの死に、長次は深く関わっているのだろうか。

勘兵衛の気持ちは、ぐらつきはじめた。

五

その夜、勘兵衛は高熱を発して寝込んでしまった。

仁徳は金瘡医だが、漢方薬も調合できる。

薬研《やげん》で擂《す》った薬には、乾燥させた蚯蚓《みみず》（地竜）や炙《あぶ》り竹の汁（竹瀝《ちくれき》）などのほかに丁字もまじっていた。

丁字は用途の広い南国産の常緑樹で、淡い紅色の筒状花をつける。蒸留して丁字油を搾りとることができ、蕾を乾燥させたものは芳《かぐわ》しい丁香《ちょうこう》となる。黄色味を出す染料にも使われ、健胃剤や鎮痛剤などの薬種原料としても利用される。

仁徳の調合した薬と綾乃のつくってくれた卵酒のおかげで、翌夕には熱も引いた。

起きてみると四肢の節々が痛い。疝気の痛みもぶりかえしそうな気配だった。が、何よりも口惜しいのは、綾乃にたしなめられ、朝風呂を控えねばならなかったことだ。

綾乃は夕餉《ゆうげ》の買い物に出掛けており、仁徳は薬種問屋の接待で料亭へむかった。

燗酒《かんざけ》でもつけようと立ちあがったところへ、銀次がひょっこり訪ねてきた。

「よいところへ来た、酒をつけてくれ」

「またあ、よろしいんですかい」

「酒は百薬の長であろうが」

「へへ、そりゃそうだ」

銀次はじゅるっと唾を啜り、草履を脱いで部屋へあがった。

「おしまが心配しておりやしたぜ。三度の飯より朝風呂の好きな旦那がみえられねえとあっちゃ、居ても立ってもいられやせんや。それにしてもよかった。ただの風邪と聞いて安心しやした」

「小正月の晩に湯冷めしたつけが、今ごろきやがった」

「それでも、お元気そうでなにより」

銀次は、手際よく酒肴《しゅこう》の仕度をはじめた。

勘兵衛は綿入れに着替え、縁側へ行燈をはこぶ。

薄暗い庭に目を遣り、霜のまじった鬢《びん》を撫でた。

「長次の様子はどうだ」

「痛めつけられておりやすよ。あのぶんじゃ長くはもたねえな。おとせを殺めましたと口書きに一筆したためりゃ、小伝馬町行きがきまりまさあ」

大番屋や鞘番所には、板壁に囲われた窓のない仕置き部屋がある。しかし、長いあいだ疑わしき者を留めおけない。ゆえに、与力や同心は手荒な方法をつかってでも早々に罪を自白させ、小伝馬町の牢屋敷へおくりこもうとする。

入牢手続きに関しては、同心が町奉行所のしかるべきところへ足をはこび、入牢証文をつくってもらわねばならない。入牢証文とは町奉行の花押《かおう》がある公文書のことで、宛名に囚獄の「石出《いしで》帯刀《たてわき》」と記された証文を持参しないかぎり、どのような事情があろうとも、牢屋敷への入牢は許されなかった。

入牢となれば罪は確定したも同然だが、奉行所には裁かねばならぬ案件が山積しているため、呼びだしがあるまで何日も待たされる。呼びだされた者は吟味方与力の調べを受け、さらに数日後、白洲に引ったてられて町奉行より裁きの沙汰を申しわたされた。

右の流れからすると、本所廻りが入牢手続きを済ませてしまえば、長次はまず助からないと考えてよかった。

「悠長に構えてもおられやせん。旦那、どうしやす」

「入牢証文のほうは任せておけ。本所廻りから要求があっても、花押捺印《なついん》を遅らせることができるかもしれぬ」

「へ、そんなことができるんですかい」

「たぶんな」

勘兵衛はにやりと笑い、真顔にもどった。

「ただし、遅らせるといってもせいぜい三日、そのあいだに真相を暴かねばならぬぞ」

「合点で……それにしても、すっきりしねえ」

「何が」

「小者のはなしによりゃ、長次のやつはどれだけ責めようが弱音を吐かねえ。ところが、てめえの無実をこれっぽっちも訴えようとしねえらしいんで」

小正月の夕刻、長次は万年橋まで足をむけた。

その事実は認めつつも、足をむけた理由は喋ろうとしない。

「だんまりをきめこめば、疑いは深まるばかりだ」

「ひょっとすると、誰かを庇《かば》ってんのかな。どうも、そんな気がしてならねえ」

「岡っ引きの勘か」

「へへ」

銀次は照れたように笑い、燗酒と香物の盛られた平皿をはこんできた。

差しむかいで酒を酌みかわしながら、長助とのやりとりを教えてやる。

「ほう、長次も例の葉っぱを。こいつはどうも分が悪くなってきやがった。しかし、その葉っぱ、畳紙に仕舞いこんだり、眺めてはにやついたり、それほどでえじなものなんですかねえ……おっと、うっかり忘れるところだった」

「どうした」

「死んだ日のおとせの足取りを、もういっぺんあらってみたところ、昼八つごろに柾木稲荷へ詣でておりやした」

境内に店を開く香具師《やし》のひとりが、鮫小紋の被布を纏《まと》ったおとせを見掛けた。

しかも、男といっしょだったらしい。

「なにっ」

「香具師の記憶も肝心な点が曖昧《あいまい》でやしてね。おとせは別嬪《べっぴん》なんではっきり憶えている。ところが、男のほうは侍か町人かも憶えていねえらしいんで」

「八つごろか、長次はどうしておった」

「それが、白子屋におりやせんでした。大伝馬町の太物屋へ使いに出されておりやして。しかも一軒だけじゃねえ、五軒梯子《はしご》の使いでやす」

「行く先をちゃんとまわったのだろうな」

「へい、五軒まわるのに一刻半は掛かっておりやす。あいだを縫って柾木稲荷まで行けねえこともねえ」

「はっきりせずか」

長次が使いから帰ってきたころ、あたりはだいぶ暮れかかっていた。明日は藪入りということで店仕舞いはいつもより早く、主人の喜十は奉公人たちをあつめて簡単に労《ねぎら》いのことばを述べた。

「奉公人のはなしだと、長次はちょこっと挨拶に顔を出し、何やら焦った様子で店を飛びだしていったそうです」

むかったさきは万年橋、長次が元赤坂の安兵衛店へ帰ってきたのは、とっぷり日が暮れてからのことだ。

「夜更けに寝床から抜けだし、葉っぱを眺めながら嬉しそうにしていたってわけか」

「銀次よ」

「へい」

「砂村稲荷が疝気封じなら、柾木稲荷は何に効く」

「腫《は》れ物《もの》封じに疣封じ、それから疱瘡《ほうそう》に効験ありと、きまっておりやすよ」

「腫れ物封じに疣封じか、なるほどな」

「それが、どうかしたんですかい」

「いいや、聞いてみただけさ。よし、柾木稲荷の香具師連中をもういっぺん当たってみてくれ。いっしょにいた男の正体がどうしても知りたい」

「へい」

銀次は去った。

六

四半刻経っても、綾乃は帰ってこない。
ひとりで酒を呑むのも侘《わ》びしく、勘兵衛はふらりと屋敷を出た。
病みあがりだが、足取りはしっかりしている。
疝気の虫も、いまのところはおとなしい。
足は自然と、霊巌島《れいがんじま》の新川河岸へむいた。
遠くに「浮瀬《うかむせ》」の赤提灯がみえてくると、足取りも軽くなった。
一風変わった店の名は「身を捨ててこそ浮む瀬もあれ」という諺《ことわざ》に由来する。
女将のおふうに請われ、勘兵衛が名付けた。
浮瀬はまた、七合五勺ぶんの酒で盈《み》たした大杯のことでもある。
縄暖簾《なわのれん》を分けて鼻を差しだすと、一日千両《ひとめせんりょう》と評判の艶っぽい眸子で睨まれた。
「あら、八丁堀の旦那、ずいぶんお見限りでしたこと」

六日ぶりだが、たしかに、久しぶりのような気もする。

おふうがいつにもまして可愛らしくみえ、抱きしめたい衝動に駆られた。

「病みあがりなのさ」

「え、どうなすったの」

「風邪をひいちまってな」

「まあ、それならそうと教えてくれれば」

「精のつくものでもこさえてくれたかい」

「もちろんですとも」

綾乃への遠慮もあって、おふうに甘えることは差しひかえている。

「お顔が火照っておいでのよう」

「家でぽつりと呑んでおったのさ」

「あら」

「何やら侘びしゅうてな、おふうの顔を愛でながら呑みたくなった」

「まあ、嬉し」

「世辞のひとつも言っておかぬとな、ははは」

おふうは渋皮の剝けた良い女だ。年は三十路のなかば、色白でふっくらした餅のような膚《はだ》をしている。

さほど広くもない店内には、勘兵衛の席が用意されていた。

女将と差しむかいで呑める席、客の誰もが座りたいと願う特別の席だ。

おふうは五年前、亭主《ていし》に死なれて以来、女の細腕一本で店を切り盛りしてきた。

だからといって、暗さは欠片もない。店のなかはいつも笑い声に盈ちている。

おふうは悲しいときは泣き、腹の立ったときは真剣に怒る。可愛い仕種で甘えるかとおもえば、ぷいとそっぽをむく。気まぐれな風のように、客のあいだを吹きぬける。常連の客は、そんなおふうの顔みたさに通ってくる。

「さ、おひとつ」

勘兵衛は注がれた盃を呷《あお》り、ぷはっと息を吐いた。

「もひとつどうぞ、病みあがりの旦那」

にっこり笑った黒目がちの瞳に、吸いこまれそうになる。

勘兵衛は何とか踏みとどまり、盃をたてつづけに干した。

「さすがは旦那、呑みっぷりがようござんすね」

気分良く盃をかさね、酔いにまかせて、おとせのことを喋った。

「じつは、まんざら知らない仲でもないんですよ」

と、おふうは顔を寄せてくる。

「こうみえてもわたし、若いころは辰巳《たつみ》芸者をやっておりました。料理茶屋の板前に惚れてやめちまったんだけど、仲町や表櫓《おもてやぐら》で三味を弾いていたこともありましてね。そのころ、おとせちゃんと知りあったんです。あの子は五つ年下、でもずいぶんと大人びた妓《こ》で、三味の腕前はほかの娘よりひとつ抜けていた」

「ふうん、そうだったのかい」

「だから、心中しちまったって聞いて、がっくりきちまったんですよ」

「そのはなし、誰に聞いた」

「誰にって、みんな知っていますよ。生きのこった片相手の男が縄を打たれたってはなしも」

おふうは、男が白子屋の手代ということまでは知らぬらしい。

口外しないという約束で、長次のことを教えてやった。

「可哀想に、旦那が無実とお察ししたお方なら、無実にきまっておりますよ」

おふうは目を瞬《しばたた》かせ、仕込んでいた小鍋の蓋をとってみせる。

「鰈《かれい》の煮付けでもいかが」

「ほっほう」

勘兵衛は湯気とともに、甘辛い煮汁の匂いを吸いこんだ。

「よし、もう一本つけてくれ」

「はいはい」

「ところで、おふう」

勘兵衛は袂をまさぐり、花色模様の畳紙を取りだした。

「じつはな、このなかに葉っぱが一枚はいっている、それが何の葉か教えてくれぬか」

「なんですよう、藪から棒に」

おふうは、にこにこしながら畳紙を受けとった。

ほとけの持ち物とも知らず、細長い指で葉をつまみだす。

「あら、めずらしい」

「わかるのか」

「たらようの葉っぱですよ」

「たらよう」

勘兵衛は瞳をかがやかせた。

「暖かいところに育つ背の高い木です。卯月《うづき》には小さな花を咲かせ、秋には赤い実がなります」

貝髷《ばいまげ》に結った髪から、おふうは銀の簪《かんざし》を抜いた。

指でくるっと反転させれば、先端は耳掻きになる。

「こんな要領で裏葉に傷をつけると、そこだけ黒くなるんですよ」

おふうは耳掻きのほうで、文字を書くまねをしてみせた。

何とも色っぽい仕種を眺めつつ、勘兵衛はにんまり笑う。

「おもいだしたぞ、いにしえの天竺《てんじく》では経文を多羅と呼ぶ木の葉に書きうつしたとか。たらようとは、多羅の葉のことか」

「そのとおりですよ」

「おふう、よく知っておったな」

「お伊勢詣りの道中で見掛けたんです」

「伊勢詣りか」

「もう、八年もまえのことですけど。伊勢は紀州さまの御領地でしょ。紀州さまのご家中には素敵な言い伝えがござりましてね、たらようの裏葉にしたためた恋情《おもい》は、かならずかなうのだそうです……ほら、旦那、ここに何か書いてある」

「ん」

葉の表ばかり眺め、裏には注意をむけていなかった。

「ほら、読みにくくなってはおりますけど、何かで傷つけた痕ですよ」

「どれ」

勘兵衛は葉の裏を眺め、盃を取りおとしそうになった。

葉脈とかさなってわかりづらいが、あきらかに丁字の文様が描かれている。

そして、文様のそばに「五五丑《いついつうし》」という謎の文字が記されてあった。

「いつ、いつ、うし、何だろうな」

「旦那、これはきっと恋文《こいぶみ》ですよ」

「へ、恋文」

「意味はわかりませんけど、何かの符帳じゃないかしら」

「符帳なあ」

してみると、たらようの葉は長次がおとせにしたためた恋文だったのであろうか。

やはり、妾と奉公人は不義密通の間柄にあったのか。

勘兵衛の眉間に縦皺が寄った。

いつのまにか、おふうの目が三角に吊りあがっている。

「旦那、これを誰にもらったんです」

「な、何を言う」

「正直に仰ってくださいな」

「か、勘違いするな、おふう」

自分でも可笑しいほど、勘兵衛はうろたえた。

七

翌朝は日和もよく、寒気はやわらいだ。

日本橋の葺屋町には市村座、東隣の堺町には中村座がある。ほかにも薩摩座《さつまざ》、肥前座、辰松座といった芝居小屋が軒にならぶ二丁町《にちょうちょう》は、一日千両の金が落ちる江戸有数の娯楽街だ。

芝居見物の客たちは朝未《まだ》きから、鼠木戸のまえで開場を待ちかまえている。木戸芸者の口上なども聞こえ、楽屋新道《がくやじんみち》のあたりはいつも喧噪《けんそう》につつまれていた。

銀次がおしまにやらせている「福之湯」は、親父橋を斜《はす》にのぞむ芳町《よしちょう》寄りの角にある。

勘兵衛が女湯の暖簾をくぐると、番台に座る大柄のおしまがとろんとした眸子をむけてきた。

まるで、雌牛である。

雌牛は、草を喰《は》むように喋った。

「旦那、お風邪のほうはよろしいんですか」

「おう、心配かけたな」

「先客がございますよ」

「薊《あざみ》のご隠居か」

「はい」

銭湯の一番風呂は八丁堀同心の特権、袖の下は受けとらずとも、この特権だけは享受している。

そんな勘兵衛も、薊の隠居にだけは遠慮があった。

年は七十に近い。月に一、二度、ふらりとやってくる。

銀次とおしまにさえも、正体はわからない。

薊と称される所以《ゆえん》は、背中いっぱいに烏枢沙摩《うすさま》明王《みょうおう》の刺青《いれずみ》を彫っているからだ。

勘兵衛は脱衣場で帯を解きはじめた。

板壁には「失せ物は存ぜず」という注意書きが貼られ、床には勘兵衛専用の刀掛けが置いてある。

留《と》め桶《おけ》と糠袋《ぬかぶくろ》を提げ、とりあえず流し場へむかった。

やや緊張した面持ちで柘榴口《ざくろぐち》へむかい、朱塗りの柱に箔絵《はくえ》で飾られた破風《はふ》を仰ぎみる。

ほっと溜息を吐いたところへ、嗄《か》れた声が掛かった。

「うぽっぽか」

「は」

「溜息を吐いたな、悩み事か」

「は、恐れいりましてござります」

「後生楽《ごしょうらく》なおぬしにしては、めずらしいな」

ざばっと、勢いよく湯水を弾く音が聞こえた。

白い湯煙とともに、茹で蛸《だこ》の老人が柘榴口から顔をみせる。

「よう、久方ぶり」

「は」

「湯がぬるいぞ。番台の雌牛に言うておけ」

「承知いたしました」

薊の隠居はふんと鼻を鳴らし、大股で洗い場を横切った。

勘兵衛は湯舟に浸かることもできず、寒そうな恰好であとにつづく。

隠居は洗い板の一隅にどっかり座り、当たり前のように背中をさらした。

「あいかわらず、見事な明王さまにござりますな」

「世辞はよい、早う流せ」

「は」

世辞ではない。とても老人とはおもえぬ筋骨隆々とした背中に、紅蓮《ぐれん》の炎を纏った烏枢沙摩明王が怒りあげていた。烏枢沙摩明王とは現世の不浄を排除する神、たいていは厠《かわや》に祀《まつ》られている。

「どうじゃ、下々の様子は」

「みな、日々の暮らしに汲々としております」

「なるほど、不平不満をためこむ余裕もなしか」

悪徳商人や不浄役人、寺の坊主や大名家の留守居役、ひとにぎりの連中だけが甘い汁を吸っている。

だが、勘兵衛の口から愚痴や弱音が洩れることはなかった。

「銭湯の朝風呂じゃ。遠慮せずに申すがよい」

「はあ」

「口の重い男よ。ま、そこが良さでもあるのじゃが。ところで、なにゆえ溜息を吐いておった」

「あいや、待て待て、もしや、白子屋に関わる一件ではないのか」

「よくご存じで」

「ふふ、わしの勘働きもまだ衰えておらぬな。まさに、以心伝心というやつじゃ」

「と、仰せになられますと」

「ふむ、昨夕、吟味方与力の門倉角左衛門を通じて、わし宛てに赦免願いが届けられた。長次なる白子屋の手代が無実の罪で縄を打たれた。どうか家に帰してやってほしいという内容じゃ」

「誰がそのような」

「匿名じゃった。筆跡もつたない。めめずがのたくったような文字でな、仮名の多さから推して、あれは町娘のしたためた訴えであろう」

「町娘の」

「おそらくな。門倉によれば、文《ふみ》を届けにまいったのは、ことばのままならぬ丁稚小僧であったらしい」

「なんと」

「心当たりでもあるのか」

「じつは」

「それは仙吉、白子屋の丁稚にございます」

「さようか。ま、本来なら捨ておくべきものじゃが、切々とした訴えに胸を打たれてな。この年になると情にもろくなるのよ、可笑しいか」

「いいえ、いっこうに」

「白子屋は紀州藩の御用達じゃ。御留守居役の内藤《ないとう》勘解由《かげゆ》どのとは囲碁仲間でな、何やら宿縁のようなものも感ぜられたのよ。そうした折りも折り、本所廻りから入牢証文の伺いが舞いこんできおった」

「長次の入牢証文ですな」

「ふむ、わしも暇な身ではない。いつもなら気楽に花押を記すところじゃが、今も申したとおり、ちと気になってな。門倉に調べさせたところ、本所廻りとは別に末吉鯉四郎がこの一件を嗅ぎまわっておると聞いた。以前にも教えたが、わしは鯉四郎の父をよう知っておった」

今から二十年前、鯉四郎の父は勘定方をつとめていたが、本人は無実であったにもかかわらず、とある悪事に連座した廉《かど》で腹を切らされた。母も頓死し、独り暮らしの祖母のもとへ幼子たちは預けられた。ところが、幼子たちはつぎつぎに病死を遂げ、無事に成長できたのは鯉四郎ただひとりであったという。

「姓こそ末吉じゃが、鯉四郎は運《ツキ》のない家に育った。なれど、気骨のある父の性分は継いでおるはず。正義を胸に秘めたものでなければ、捕り方はつとまらぬ。とは申せ、この商売、気骨だけではやってゆけぬ。安直に正義を振りかざせば、足許を掬《すく》われるだけのはなしじゃ。それゆえ、おぬしのもとへ預けたのよ。ま、わしの意向がはたらいたと知れば、あやつも良い気はすまい。この件はくれぐれも内密にな」

「は、かしこまってござりまする」

「ともあれ、鯉四郎が動いておるとなれば、うぽっぽも白子屋の妾殺しを探っておると察したまでじゃ」

「それで、わざわざ福之湯へ」

「邪魔であったかの」

「なにを仰せになられます。じつは入牢証文の一件、いましばらくお待ちいただきたく、お願いに参上つかまつろうと悩んでおりました次第」

「そうは待てぬぞ。今日もふくめて三日じゃ。明々後日の朝には断をくださねばならぬ」

「かたじけのう存じます。ひとつお聞きしても」

「何じゃ」

「かりに、本所廻りの失態が露見いたしたときは、いかがなされます」

「門倉もその点は憂慮しておったわ。本所廻りの良からぬ噂は、わしの耳にも聞こえてくる。されどな、おぬしも承知しておろうが、捕り方は深刻な人手不足じゃ。よほどの悪党でもないかぎり、切りすてることはできぬのよ」

本所廻りを罰するなら、南北町奉行所に属する大半の役人を罰せねばなるまい。

「連中も悪党なりに役目を果たしておる。そこのところを汲んでやらねばな」

さすがは度量の広い薊の隠居、人の苦労を知っている。

「うぽっぽ、無実の弱き者を救ってやれ。ひいてはそれが本所廻りを救う道でもある」

「はは」

隠居は陸湯《おかゆ》を浴び、すたすた去っていった。

背中の烏枢沙摩明王にむかって、勘兵衛はあたまをさげた。

もはや、申すまでもない。

隠居の正体は南町奉行、根岸《ねぎし》肥《ひ》前守《ぜんのかみ》鎮衛《やすもり》にほかならなかった。

八

長次の赦免願いを出したのは、いったい誰なのか。

おもいあたるのは、おさやという白子屋の一人娘だ。

おさやは、紀伊下屋敷へ女中奉公に出ていると聞いた。

十六日の藪入りは、武家屋敷へ奉公する町娘たちが休みを貰う宿下がりの日でもある。

宿下がりの前日夕刻、長次は使いから店へもどって早々に、焦った様子で万年橋へむかった。足をむけた理由を質《ただ》しても、長次は貝のように口を閉じたままだ。

誰かを庇っているのではないかと、銀次は言った。

庇っている相手とは、おさやかもしれない。

勘兵衛には、そんな気がしてならなかった。

湯からあがると、おしまが梅干し入りの茶漬けを馳走してくれた。

これを一気にたいらげて腹もできると、沸々と活力が漲《みなぎ》ってきた。

鎧《よろい》の渡しから猪牙に乗り、小正月の晩とおなじ経路で大川を横切る。

日和もよく、滔々《とうとう》と流れる川面は陽光を煌《きら》めかせていた。

舳先に巻きつく向かい風さえ、遊んでいるかのようだ。

やがて、猪牙は小名木川の河口へ鼻を突っこんだ。

陸へあがり、太鼓の万年橋を南から北へ渡る。

すでに、何度か訪れた場所だった。これまでは目新しいものを発見できなかったが、今日はちがう。

勘兵衛は袂から、畳紙を取りだした。

たらようの葉をつまみ、裏をみつめる。

――五五丑。

と、記された文字の意味を、昨夜から寝ずに考えていた。

「いつ、いつ、うし……わからぬ」

ただ、文字は「めめずがのたくったような」筆跡だった。

紀伊屋敷の東側には、竪川と小名木川を結ぶ六軒堀が流れている。

六軒堀に沿った道は、雪解けのぬかるんだ黒土だ。

勘兵衛は足跡を探しつつ、ゆっくり歩みはじめた。

左手には背の高い海鼠塀《なまこべい》が一直線につづいていく。

海鼠塀の下部には胸丈ほどの石垣が築かれ、石垣の脇には幅半間ほどの側溝が張りめぐらされていた。

こうした側溝は大名屋敷にかぎらず、大きな屋敷にはかならずみられる。

主に雨逃しのためだが、潮入庭園を擁する下屋敷になると別の役割が生じた。

大名の下屋敷は迎賓を目的とするため、敷地の大半が庭園になっている。紀伊屋敷も例外ではなく、広大な敷地には潮入庭園がつくりこまれ、西側から海水のまじった大川の汽水を引いていた。

潮入というだけあって潮の満ち引きの影響を受け、池の水位が変わることで景観の変化を楽しむことができる。魚なども舞いこみ、趣向としてはおもしろい。

だが、水質を保つためには水を常に循環させておかねばならず、東側には水逃しの樋《とい》がいくつも設けられていた。樋を通った汽水は側溝に注ぎ、ひとつの流れとなって小名木川へ放流される仕組みになっているのだ。

「ふうん、よくできておるな」

樋は尺五（一尺五寸）四方の木製で、石垣の狭間《はざま》から突きでている。

それが東側だけでも、等間隔に三十余りはならんでいた。

勘兵衛は塀の下ばかりでなく、上のほうにも注意を払った。

たらようの木が枝を垂れていないか、期待しながら歩みつづけたのだ。

端からみれば、十手持ちが暇そうに散策しているふうにしかみえない。

あまりにも敷地が広いので、外周を一周するだけでも小半刻はかかった。

たらようの木はみつけられず、足跡のほうは多数みつかったものの、長次のものと断定できるはずもなかった。

「甘すぎたな」

溜息を洩らしつつ、正門までやってきた。

門番は関心をむける様子もない。

ふと、勘兵衛は足を止めた。

厳《いか》めしい門番のもとへ、つかつかと歩みよる。

「ちと、ものを訊《たず》ねたい」

満面に笑みを浮かべると、門番もつられて笑いかえした。

微笑仏と称されるだけあって、相手を和ませる顔のようだ。

「何か」

「紀州さまのお屋敷に、たらようの木はござらぬか」

「たらよう」

「巨木になると聞いております」

「はい、ござりますよ」

あっさり応じてくれた門番に、頬ずりしたくなった。

先君の治貞《はるさだ》公（九代藩主）が熊野より移植した巨木であるという。

「風巻《しまき》の吹きつける江戸でも葉は枯れず、一年中青々としております。ただ、困ったことに葉を盗む輩がおりましてな」

「ほほう、それは」

「若侍もあれば、女中奉公の町娘もござる。そのせいで一時期、たらようの木は坊主になりかけた。ははは、坊主は大袈裟《おおげさ》ですが、ともあれ、葉を盗むものがあとをたたぬゆえ、われら門番にも心して夜廻りせよとのお達しがござりました」

「なぜ、葉を盗むものがあとをたたぬのでしょう」

見当はついたが、あえて質してみる。

人の好い門番は、声をひそめた。

「たらようの葉を、恋文につかうのですよ」

「ほ、それはまた風流な」

「わが藩には、たらようの裏葉に書かれた恋情はかならずかなうという迷信がござる。されど、逆もまたござります」

「逆とは」

「裏葉に呪殺の文言を書き、怨みのある相手におくりつける。葉の裏を見るから裏見《うらみ》で怨み、洒落《しゃれ》にござるよ」

「なるほど」

どこかで聞いたことのある洒落だが、おもいだせなかった。

いずれにしろ、紀伊屋敷にたらようの木があることはわかった。

おさやと長次を繋ぐ糸がみつかったのだ。

ふっと、門番が口を噤《つぐ》んだ。

気づいてみると、尋常ならざる目つきの藩士が立っている。

蒼《あお》褪《ざ》めた面相をこわばらせ、全身に殺気を漲らせていた。

物腰から推すと、かなりの遣い手にまちがいない。

「町奉行所《まちかた》が何の用じゃ」

居丈高な態度で誰《すい》何《か》された。

年は四十前後、蟹《かに》のようなからだつきの男だ。

「おぬし、本所廻りか」

「いいえ、南町奉行所の臨時廻りにございます」

「臨時廻りが何の用だ」

「見廻りついでに、ちと茶飲み話を。どうか、門番どのをお責めになられませぬように。声を掛けたのは拙者にございます」

「名は」

「長尾勘兵衛」

「ふん、不浄役人の分際で、御三家の門前をうろちょろいたすでない。早々に去《い》ね」

「仰せのとおりにいたしましょう。なれど拙者も侍の端くれ、名乗った以上は貴殿のご姓名もお教え願いたい」

「わしか、横目付の野上弥平《やへい》じゃ」

「横目付の野上さま」

勘兵衛の黒目が、わずかに動く。

どこかで聞いた姓だが、病みあがりで頭がぼおっとしているせいか、おもいだせない。

「わかったら去ね、目障りじゃ」

「かしこまりました」

勘兵衛は狂言師のごとくお辞儀をし、くるっと踵《きびす》をかえす。

縞の着流しに黒無地の綿入れ、閂《かんぬき》に差した大小の柄に左袖をちょんと載せる。

身幅の狭い裾を割って颯爽《さっそう》と歩むすがたは、年季のはいった八丁堀同心の心意気を感じさせた。

万年橋までもどると、上背のある若い同心が橋むこうから近づいてきた。

「あ、長尾さま」

鯉四郎が、裾を端折《はしょ》って駆けてくる。

「どうしたのだ」

「こちらに来れば、お逢いできるかと」

「勘が当たったな」

「同心の心得その一、煮詰まったら殺しの現場へ足をはこべ」

「生意気を申すな。小正月の晩から数えて何度目になる」

「ちょうど、十度目になります」

「本所廻りに見咎《みとが》められたであろう」

「見咎められても、へっちゃらですよ」

「負けん気だけは強いな。で、何か目新しいことでもあったか」

「これといってありません」

「ぬけぬけと申すな」

「ひとつだけ気になることが」

「それを早く言え。気になることとは」

「疣にござります」

「疣」

「はい、おとせの屍骸を最初にみつけた男は、鼻面に拇《おやゆび》大の疣がござりました」

「ふん、それで」

「おとせは死んだ日の八つ刻、男といっしょに柾木稲荷へ詣でております。銀次によれば柾木稲荷は疣封じに効験ありとか」

「疣男の姓名は、何であったかな」

「野上琢馬《たくま》」

あっと、勘兵衛は胸の裡に叫んだ。

「疣繋がりか」

「はい、野上琢馬の疣がどうも気になりまして」

ぼうっとしているようにみえて、よいところを突いてくる。

誰が聞いているわけでもないのに、勘兵衛は声をひそめた。

「鯉四郎、その野上琢馬を探れ。ひょっとしたら、弥平なる兄がおるやもしれぬ、そやつには気を付けよ」

「承知いたしました。長尾さまはどうなされます」

「わしは本所の鞘番所へ顔を出してみる。長次の様子が心配になってきた」

勘兵衛は踵をかえし、大川を左手に眺めながら北へ歩みだした。

九

本所の鞘番所は、両国橋の東詰めに近い相生町《あいおいちょう》にあった。後ろには回向院《えこういん》が控え、道を挟んださきに竪川が流れている。

鞘番所は大番屋と同様、江戸に七箇所しかない調べ番屋のひとつだ。入牢証文が発行されるまで疑わしき者を留めおくところでもあり、奥には板壁板敷きで窓のない仕置き部屋が設けられていた。

本所見廻りは南北町奉行所に与力ひとりずつ、同心三人ずつで構成され、勘兵衛の拠《よ》る南茅場町の大番屋にくらべれば所帯は小さい。

南町奉行所の与力は松浦《まつうら》左門《さもん》といい、宍戸馨之介に輪を掛けて欲の深い男だった。

本所の夜鷹会所や深川七場所から目こぼし金を吸いあげ、一方では力のある年番方与力などへせっせと賄賂《わいろ》をおくりつける。そのうえ、商人には公然と賄賂を要求し、大名や大身旗本からは盆暮れ以外にも付けとどけがあった。いつも偉そうにしているが、適当に手柄をあげるので誰も文句は言えない。

松浦に言わせれば「町奉行なんぞは神輿《みこし》のようなもの」らしい。

町奉行は別の顔になっても、奉行所につとめる古参連中の顔は変わらない。隠居するか死ぬまで、おなじ座布団に座りつづける。そうした連中と手を繋ぎ、仲良くしておいたほうが得というわけだ。

根岸鎮衛が何かと頼りにしている門倉角左衛門は、内与力から抜擢《ばってき》されて吟味方与力となった。縦横のしがらみはない。むしろ、これなどはめずらしい例だった。

与力のみならず、同心連中もみな、多かれ少なかれ毒水を啜っている。

袖の下を受けとらぬ勘兵衛は、奇異な目でみられた。

廻り同心は南北町奉行所あわせても二十四人、南町の臨時廻りは六人しかおらず、欲すればいくらでも役得を享受できる。これをはねつけるには、覚悟が必要だった。不浄役人で袖の下を拒むものは、よほどのお人好しか役立たず、上司にはうとんじられ、後輩には莫迦にされ、同僚には阿呆あつかいされる。

南町奉行所における勘兵衛の評は、役立たずの阿呆にほかならなかった。

が、役立たずの阿呆にも、豹変しなければならぬときはある。

長次は縄を打たれて三日目、そろそろ限界が近づいていた。

勘兵衛は腹を決め、鞘番所の敷居をまたいだ。

さいわい、与力の松浦も同心の宍戸もいない。

岡っ引きの文七だけが、小者たちと留守番をしている。

「邪魔するぞ」

「これはおめずらしい。うぽっぽの旦那じゃござんせんか」

文七は目端が利く。訪ねた理由もすぐに察してみせた。

「へへ、長次にゃ逢わせられやせんぜ」

「そうかい」

「もうすぐ入牢証文がおりやす。そうなりゃ、長次ともおさらばだ」

「おぬしも痛めつけたのか」

「いいえ、指一本触れてやおりやせんぜ。ご存じのとおり、鞘番所にも石抱きだの笞打《むちう》ちだのがお好きな方々はいらっしゃる。餅は餅屋でさあ」

「長次は生きておるのか」

「ずいぶん弱ってはおりやすがね。なにせ飯も食わねえし、ろくに水も呑まねえ。丁稚あがりのお店者《たなもの》にしちゃ、見上げた根性ですぜ」

「心中の生きのこりだったはずが、いつのまにか、殺しの下手人にさせられたらしいな」

「旦那、ありゃ殺しですよ。おとせの左胸にゃ極小の穴があいていやがった。気づきやせんでしたか……へへ、無理もねえ、小せえ穴だかんな。得物は何だとおもいます」

「さあな」

「錐ですよ。おとせは錐で心臓を突かれた。心臓から血が溢《あふ》れだし、からだじゅうに溜まったんでさあ」

「それが死因か」

「さいです。調べたところ、江戸小紋の型紙を彫る道具に錐がありやした」

よくぞそこまで、つくりばなしを考えついたものだ。

勘兵衛の検屍では、あきらかに死因は水死だった。体内に血が溜まっていれば、皮膚の表面に何らかの痕跡を見出すことができたはずだ。

「首を絞められたと聞いたが、そうではなかったのか」

「誰がそんなことを、ひょっとして白子屋ですかい」

「さあな」

「どっちにしろ、ほとけは埋葬されやした。へへ、もう調べようはねえんですよ」

板戸一枚隔てた奥のほうから、低い呻きが洩れた。

文七が眉をひそめる。

「ふん、地獄の亡者が呻いていやがる」

勘兵衛は、表情ひとつ変えない。

「文七、おめえにゃ良心の呵責《かしゃく》ってものがねえらしいな」

「え」

口調の変わった勘兵衛の顔を、文七は仰《の》けぞるように見上げた。

眼差しのさきには微笑仏でなく、鬼が一匹立っている。

「うわっ、な、なんでえ」

「文七よ、おめえも知るとおり、おれはお人好しで役立たずのうぽっぽさ。だがな、生きているあいだに、一度や二度は黙っちゃいられねえときもある」

「な、なんだってんだよ」

「叩っ斬ってやろうか。この場でおめえを叩っ斬ってでも、長次の顔を拝んでやるぜ。ふへへ、おれは存外に歯止めの利かねえ男でな」

勘兵衛は毛臑《けずね》を剥き、土足で畳にあがった。

顎をぐぐっと引き、大刀の柄に手を掛ける。

「ひぇっ」

文七は迫力に気圧《けお》され、腰を抜かしかけた。

異変に気づいた小者たちも、隅っこに縮まるしかない。

「最初《はな》から、そうすりゃいいんだよ」

勘兵衛は大股で奥へすすみ、板戸を勢いよく引きあけた。

汚物と血のいりまじった異臭が、もわっと襲いかかってくる。

ざんばら髪の若い男が、板壁から剝がれおちるように吊されていた。

両手首を縛られ、板壁の上方に埋まった鉄の鎖に繋がれているのだ。

「おい、生きておるのか」

長次は、わずかに反応した。

憔悴しきった顔のなかで、眼光だけが炯々《けいけい》としている。

「あと一日や二日は耐えられそうだな。まあ聞け、おれがおめえを助けてやる」

長次の瞳は、わずかに動いただけだ。

「おめえが庇ってんのは、白子屋の娘じゃねえのか。娘の名はおさやといったなあ、紀州さまの下屋敷へ女中奉公に出ているんだろう。おとせの死んだ小正月は宿下がりのまえの日だ。なあ、おめえはあの日の夕刻、万年橋を渡って紀州さまの下屋敷へむかった。海鼠塀を脇に眺めながら、側溝に沿って歩いたんだろう」

長次は歯を食いしばり、小便で濡《ぬ》れた床をみつめた。

鼻梁は折れ、瞼《まぶた》や頬は紫色に腫れあがっている。

いかに陰惨な責め苦か、一目でわかった。

が、本所廻りはこれでもまだ、手心をくわえている。

死んだら元も子もない。罪人を土壇《どだん》へおくってこそ、手柄になるからだ。

「長次、おめえはおさやに逢いにいった。いいや、いくらなんでも、あの高え塀越しに逢えるわけはねえ。おさやの気持ちを確かめにいったんだ、ちがうかい。わからねえのは、どうして、そいつが宿下がりの前日だったのかってことだ。一日待ちゃつぎの日にゃ逢えるじゃねえか、なあ」

頑《かたく》なに口を閉ざす長次のそばへ、勘兵衛は一歩近づいた。

後ろ手に板戸を閉め、囁くように喋りはじめる。

「白子屋の主人にも逢ったし、おめえの親爺さんにも逢ってきた。それから、おめえが弟のように可愛がってる仙吉にもな、美味《うめ》え茶を出してもらったぜ。誰ひとりとして、おめえがおとせを殺ったとはおもっちゃいねえ」

長次は眸子を潤ませ、顎を震わせはじめた。

「おさやもそうだ、おめえのことをこれっぽっちも疑ってやいねえぜ。それどころか、お奉行さまに宛てて嘆願状まで書きやがった」

「げっ」

驚いた長次の呼吸が荒くなる。

「嘆願状の内容は、おめえの命乞いだ。めめずがのたくったような筆跡《て》だったらしい。そいつをよ、仙吉のやつが奉行所へ携えてきやがった。おさやから秘かに頼まれたんだろうよ」

奉行所へ直訴状を差しだせば、内容の如何《いかん》にかかわらず、厳しい咎めを覚悟しなければならない。

「おさやもそうだが、仙吉にしてみりゃ、命懸けの奉公だったにちげえねえ」

「う……うう」

長次はついに、嗚咽《おえつ》を洩らしはじめた。

「泣くのはあとにしろ。こんどはおめえが喋る番だ」

「は、はい」

消えいりそうな声で返事をし、長次は口をひらきかけた。

と、そこへ、宍戸馨之介の怒声が鳴りひびいた。

「文七、そのざまあ何だ」

「す、すんません」

宍戸は土足で畳へあがり、板戸をたんと引きあけた。

「誰かとおもえば、うぽっぽじゃねえか、どういう了見でここにいる。首を突っこむなと言ったはずだぜ。もっとも、鼠どもがちょろちょろ嗅ぎまわってんのは先刻承知之介だがな。おめえ、そんなに手柄が欲しいのか」

「手柄、んなものはいらぬよ。こっちのことより、てめえの首を心配するんだな」

「あんだと、この野郎、下手《したて》に出りゃいい気になりやがって」

「ほとけには首を絞められた痕も、胸を小刀で突かれた痕もなかった。にもかかわらず、おぬしらは殺しと決めつけた。理由を教えてやろうか、殺した野郎に頼まれたからだ」

「手前勘でほざくんじゃねえ」

「おとせはどうみても蛙だった。誰かに殺されたとなりゃ、殺った野郎にしかわからぬ。その野郎におぬしらは頼まれた、誰かを殺しの下手人に仕立ててくれとな。待ってな、もうすぐ頼んだ野郎が誰かわかる」

「でたらめを抜かすんじゃねえ」

「ふふ、でたらめではない。殺しを目にしたものがおる」

　黙りこむ宍戸にむかって、勘兵衛はたたみかけた。

「今ならまだ間に合うかもな。入牢証文の許可がおりちまったら、おぬしらもあとへは引けぬぞ。下手人の取りちがえが発覚すれば、松浦さまは御役御免、おぬしも職を失う。誰かに金でも渡され、長次を下手人に仕立てあげたとなれば、宍戸よ、おぬしは腹を切らねばなるまい」

「言いたいことはそれだけか」

「わるいことは言わぬ、長次を解きはなってやれ」

「できぬな」

「それなら、もう痛めつけぬことだ。石抱きや笞打ちばかりか、吊り責めもやったのであろう。あきらかに限度を超えておる。吊り責めなぞ、ご老中のお許しも無しにはやってはならぬことであろうが」

「けっ、偉そうにぺらぺらと。出ていきやがれ、さもねえと素首を叩っ斬るぞ」

「そいつは困る、退散することにしよう」

勘兵衛は一礼し、そそくさと鞘番所をあとにした。

あれだけ脅しておけば、宍戸といえども無茶はすまい。

あとは、悪党どもが炙りだされてくるのを待つだけだ。

十

敵の動きは迅速だった。

本所廻りから報せがはいったのだ。

その晩、勘兵衛はひとり、新川河岸を歩んでいた。

何者かに跟けられているのは、承知のうえである。

赤提灯に誘われるふりをして、すっと横道へ逸れた。

わざと暗がりへ誘いこみ、敵が襲いやすいようにお膳立てをしてやったのだ。

思惑どおり、黒覆面の二人組が跫音《あしおと》も大胆に追いかけてきた。

「待てい」

くぐもった声に振りむくと、ひとりが提灯を点《つ》けた。

提灯の光はなくとも、月明かりで間合いは把握できる。

提灯を手にしたほうが、口をひらいた。

「臨時廻りめ、おぬし、余計なことを嗅ぎまわっておるらしいな」

「余計なことではない、ひとひとりの命が懸かっておる」

「手を引け」

「引かぬと言ったら」

「斬る」

「ほっ、物騒だな」

「おぬし、うぽっぽと呼ばれているそうだな。町奉行《まちかた》所でいちばんの役立たずなのであろう」

「うぬらは紀州一の恥さらしか」

「なにっ」

「正体はわかっておる。覆面なんぞ取ったらどうだ、見通しが狭うて斬りづらかろうに」

「くそっ」

ふたりは黒覆面を剝ぎとった。

提灯男の顔には見覚えがある。

「野上弥平、だったな」

もうひとりもよく似た顔つきをしており、長太い鼻面に拇大の疣があった。

ふたりが兄弟であることは一目瞭然だ。

「なぜ、わかった」

と、弟の琢馬が唾を飛ばす。

「その疣さ。鼻面の疣を消すために、おとせと柾木稲荷へ詣でたであろうが」

「うぬっ」

銀次の調べたところによれば、おとせと琢馬の腐れ縁は白子屋に身請けされる以前からのものだった。身請話をきっかけに、ふたりはきれいに別れたものの、去年の暮れ、博打で借金をつくった琢馬がよりをもどそうと迫ったらしい。

それを拒むことができなかったのは、おとせの優しさでもあり、弱さでもある。

いずれにしろ、未練があったにちがいない。

おとせは喜十に隠れ、いけないことと知りながらも、琢馬と逢瀬をかさねていた。

しかし、琢馬の狙いはあくまでも金だった。

白子屋からどうやって金を強請《ゆす》りとるか、あたまのなかはそれしかない。

そこへ転がりこんできたのが、箱入り娘と手代の相惚《あいぼ》れ話であった。

銀次によれば、長次は喜十の使いで妾宅を頻繁に訪れていた。おとせは誠実な長次を重宝におもっていたし、可愛がってもいたという。

ここからさきの筋書きは想像だが、大きくはずれてはおるまい。

おとせはひょんなことから、長次とおさやの深い仲を知った。

陰ながら応援するつもりで、琢馬にぽろっと洩らしてしまったのだ。

愛娘と奉公人の関わりが世間の知るところとなれば、白子屋は赤っ恥を掻く。

琢馬は喜十を強請る腹を固めた。

「ま、そんなところだろう」

勘兵衛は凶行の経緯を描いてみせ、琢馬をぐっと睨みつけた。

「うぬはなぜ、おとせを殺めたのだ」

「問答無用じゃ」

「くふふ」

弥平のほうが、不敵にも笑ってみせた。

「兄上、何が可笑しい」

「うるさい、おぬしは黙っておれ」

兄に一喝され、弟は一歩退く。

勘兵衛は、ぽりぽり鬢を掻いた。

「不肖な弟をもつと、苦労するのう」

「うぽっぽよ、おぬしはどうせ死ぬ身、知りたくば教えてやる。琢馬の思惑に勘づいた妾が騒ぎだした。健気《けなげ》にも白子屋にすべてを告白し、赦しを請うのだと泣きわめいたのさ」

小正月の雀色刻、琢馬とおとせは扇橋町の妾宅で揉めに揉めた。

仕舞いには琢馬がおとせを撲りつけ、ぐったりしたところを担ぎあげた。

妾宅は小名木川に面している。琢馬は人気のない汀へ歩みより、おとせの顔を川に沈めた。じたばたする足を押さえつけ、おとせの全身から力が抜けきるまで身じろぎもしなかった。

「この莫迦は妾の屍骸を川に流し、その足でわしのもとへやってきよった。妾を殺めたがどうすればよいかと、横目付のわしに縋ったのよ」

横目付といえば藩士の不正を糾弾するのが役目、舎弟のしでかした凶事を捨ておくわけにはいかない。

「その場でこやつの首を刎《は》ねる手もあったが、事が表沙汰になれば野上家の一族郎党に累がおよばぬともかぎらぬ」

「それで、赤の他人に罪をなすりつけようと考えたわけか」

「屍骸が大川から海に流されておれば、姑息《こそく》な手段を考えるまでもなかった」

ところが、世の中そう甘くはない。成仏できぬおとせの怨念がそうさせたのか、屍骸は万年橋の橋桁《はしげた》に引っかかり、船頭に発見された。

「船頭はご丁寧に妾を川縁に引きあげてな、野次馬も何人かあつまりかけておった」

弥平は野次馬を追っぱらい、船頭にはいくばくかの金を払って去らせた。

屍骸を調べてみると、これといって外傷はない。琢馬が撲った傷もめだたなかった。これなら、手足を縛った痕跡だけをのこし、心中による水死という線でごまかすことができる。

ただし、誤算はそのさきにあった。

莫迦な草履取りが、南茅場町の大番屋に駆けこんでしまったのだ。

「本所廻りの宍戸馨之介とはかねてよりの昵懇《じっこん》でな、あやつには鼻薬が利く。草履取りが鞘番所に駆けこんでおれば、ややこしいことにはならずに済んだ。ふふ、おぬしも死なずに済んだにのう」

「宍戸には真相を喋ったのか」

「いいや。だが、やつは勘づいた」

長次に殺しの罪を着せると言いだしたのは、宍戸のほうであったらしい。

なるほど、おなじ斬罪でも、心中の生きのこりよりも、殺しの下手人を捕まえたほうが手柄にはなる。

南町奉行の根岸鎮衛は「本所廻りを救ってやれ」と言ったが、宍戸のやろうとしていることは許しがたい所業だった。

が、この際、怒りは胸におさめておこう。

いつの日か必ず、爆発せねばならぬときがやってくる。

「野上弥平、よう喋ってくれた」

「喋りすぎて、のどが渇いちまったわ」

弥平に顎をしゃくられ、琢馬がずいと右足を踏みだした。

大刀の柄に手を掛け、腰を極端に低く落とす。

「されば兄上」

「ふむ、さっさと片づけろ」

琢馬は、じりっと爪先を躙《にじ》りよせた。

「うぽっぽ同心、おぬし、抜かぬのか」

「抜くのが怖ろしゅうてな」

「なぜ」

「本身が錆《さ》びておるやもしれぬ」

「くふっ、おもしろいことを抜かす。されば、十手を使うか」

「そうさせてもらおうかな」

「猫に小判、うぽっぽに十手、そんな噂も聞いたぞ」

琢馬は幅の広い肩を怒らせ、無造作《むぞうさ》に間合いを詰めてきた。

「待て、琢馬」

提灯が揺れ、弥平が冷水を浴びせるように吐いた。

「どうした、兄上」

「こやつ、できるかもしれぬ」

「まさか」

「念のためだ。心して懸かるがよい」

「まかせておけ、とあ……っ」

やにわに、中段から突きがきた。

勘兵衛は鬢一寸で躱《かわ》し、大声を張りあげた。

「鯉四郎、出てこい」

「は」

露地裏を陣風が駆けぬけた。

「くりゃ……っ」

鋭い気合いともども、提灯がまっぷたつに断たれた。

「なんの」

弥平は破れた提灯を捨て、鯉四郎の一撃を弾きかえす。

火花が散り、ふたつの影が反撥《はんぱつ》しあうように弾けとぶ。

技倆《ぎりょう》は互角と、勘兵衛は看破した。

「鯉四郎、構わぬ。斬りすてよ」

さもなくば、やられるかもしれない。
刹那《せつな》、琢馬が動いた。
突きだされた切先が、鼻面を嘗める。
「ふえ……っ」
琢馬は鬼の形相で、三尺の白刃を薙《な》ぎあげた。
これをひらりと躱し、勘兵衛は反転しながら背中の十手を引きぬいた。
――がしっ。
鉄と鉄が、激しくぶつかりあう。
疣野郎の刃を、十手の鉤《かぎ》で挟みとった。
と同時に、勘兵衛は相手の胸倉をつかむ。
「なにっ」
背負い投げの要領で、地面に叩きつけてやった。
「ぬう」
土埃《つちぼこり》が舞った。
琢馬はしたたかに背中を打ち、息が詰まって声も出せない。
勘兵衛は早縄で手際よく琢馬を縛り、くいっと顎を突きあげた。

鯉四郎と野上弥平の決着は、まだついていない。

相青眼で対峙《たいじ》し、双方とも斬りこめずにいた。

下手に声も掛けられぬ。固唾《かたず》を呑んだ。

「すりゃ……っ」

仕掛けたのは、弥平のほうだ。

咽喉《のど》を狙った二段突き、弟よりも遥かに踏みこみは鋭い。

「なんの」

鯉四郎は一撃目を躱し、二撃目を真横に弾いた。

弾きつつ、左手で小刀を抜き、しゅっと投げつける。

弥平は不意を突かれながらも、小刀を斜めに弾いた。

刹那、鯉四郎の片手斬りが首根を襲った。

「うっ」

首が宙へ飛んだ。

と、おもった瞬間、刃は峰にかえされた。

「きょっ」

弥平は首筋を打たれ、刀を取りおとした。

がくっと膝を突き、顔から落ちていった。

「ようやった。鯉四郎、斬らずに勝ったな」

「は」

後ろ手に縛られた琢馬が、顎を震わせて口惜しがった。

「うぽっぽめ、われら兄弟は御三家の家臣ぞ。町奉行なんぞに裁けぬはずじゃ」

「ほざけ、町人を殺めておろうが」

「いいや、うぬらには裁けぬ」

「されば、たらようの木にでも吊してやるか。のう、鯉四郎」

「はい、ついでに罪状を記した捨て札も立てさせましょう」

「ふむ、それがよい。野上兄弟は藩の面汚し、打ち首は免れぬであろうよ。ただし、みずから罪をみとめれば、酌量の余地がないでもない。御留守居役の内藤勘解由さまにお願いし、切腹の沙汰をおろしてやろう」

「おぬし、内藤さまを存じておるのか」

「囲碁仲間さ」

勘兵衛は横をむき、ぺろっと舌を出した。

「野上琢馬、おのれのやったことを、ようく考えてみるがよい。よし、鯉四郎、おっつけ銀次たちも来よう。こやつらを大番屋へ抛りこんでおけ」

「長尾さまは」

「ちと疲れた。河岸で一杯飲《や》って帰る」

「浮瀬ですか」

「そっちを済まして来るがよい」

「下戸《げこ》なので遠慮しておきます」

「さようか。ま、無理強いはせぬ」

勘兵衛は鯉四郎をのこし、抜け裏から河岸へ出た。

おふうの顔を眺めながら、今宵は美味い酒が呑めるなとおもった。

十一

正月晦日《みそか》、梅も見頃となった。

余寒はまだあるものの、川の水は温《ぬく》みはじめている。

やわらかな陽射しを浴びて、振り袖の町娘たちが川沿いの道をそぞろに歩んでゆく。

粋な小紋を纏った旦那衆や女房連中もいれば、月代《さかやき》を青々と剃《そ》った勤番侍たちも闊歩《かっぽ》していた。

勘兵衛は傷の癒えた長次をともない、万年橋までやってきた。

「明日からまた、白子屋に奉公できるな」

「それは無理です」

「なんで」

「旦那さまはご不快であられましょう」

「そうおもうか」

「はい」

長次は遠慮して、肩をならべようとしない。

ふたりは前後になり、太鼓橋を渡りはじめた。

ふと、勘兵衛が足を止めた。

「わしにも二十歳の娘がおる。父親とすれば、そりゃあ幸せになってほしい。できれば、金で苦労させたくはない。とはいえ、娘が誰かを好きになれば、それがどんな相手であろうとも、それまでとおもうしかない」

「それまで」

「娘の好きなようにさせるってことさ」

「長尾さま」

「まあ聞け。おめえはおさやと相惚れだった、そいつが世間に知れりゃ大騒ぎになる。なにせ、おさやは日本橋の大店へ嫁ぐ身、世話になった白子屋の顔に泥を塗ることにもなりかねぬ。が、そこは若いふたりのこと、恋情を抑えるのは至難の業だ。そこで、おめえは一世一代の賭けに出た。おさやに駆け落ちをもちかけたんだ。な、そうなんだろう」

長次は、こっくり頷いた。

「仙吉を使ったのか」

「はい、仙吉は紀伊さまのお下屋敷へお届け物をはこぶ役目を負っていました」

「ついでに、おめえとのあいだの橋渡し役もやっていたってわけだ」

「仰るとおりです」

「おさやにしてみりゃ、ずいぶん酷なはなしじゃねえか」

駆け落ちに応じれば、勘当は免れない。楽な暮らしを捨てさる覚悟がいるのだ。

だが、長次も切羽詰まっていた。こうときめたら後先考えず、突っ走るしかなかった。

「おめえはおさやのこたえを知るために、小正月の夕刻、この万年橋を渡って紀伊屋敷へむかった」

海鼠塀の脇には側溝が流れ、石垣の狭間からは尺五の樋が何本も突きでている。

「おめえは樋のひとつに近づき、たらようの葉っぱが流れてくるのを待った。ほかでもねえ、たらようの葉を流すのが、おさやの返事だったからさ」

　期待どおり、たらようの葉は流れてきた。

「これとおんなじやつだ」

　勘兵衛は指先で、たらようの葉をくるくるまわした。

「おめえは葉っぱを安兵衛店へもちかえり、嬉しそうに眺めていたらしいな。葉の裏には丁字文と符帳が記してあったはずだ」

「仰るとおりです」

「符帳の意味がどう考えてもわからねえ。たとえばここに記された、いつ、いつ、うし、ってのはどういう意味だ」

「つぎの逢瀬で葉を流す場所と日時のことです」

　長次は恥ずかしそうに説明した。

「上の数は樋の場所、つぎは日付で干支《えと》は刻限になります」

「なあるほど」

　符帳が「五五丑」ならば五日の暁八つ、五番目の樋に流すという意味になる。

　たとえば「三三未《ひつじ》」ならば三日の昼八つ、長次はその時刻に間にあうように店を抜けだし、三番目の樋のところで葉が流れてくるのを待つのだ。ちなみに、小正月の夕刻に呼びだされたとき、裏葉には「五十五酉《とり》」と書かれていたという。

昨夏の宿下がりで約束を交わしたときから、ずっとつづけている遊びだった。

肌にも触れず、ことばも交わさず、吐息を感じることすらできずとも、たらようの恋文さえあれば、相手の恋情を知ることができる。これも立派な逢瀬であった。逢えない切なさゆえに、かえって恋情が深まるのだ。

「いつ、いつ、うし、と書かれた葉は、おとせさまに差しあげたものにございます」

お守りにするから貰えまいかと、せがまれたのだ。

「なるほど、そうだったのかい」

宿下がりの朝、長次は旅支度をととのえ、おさやを迎えに紀伊屋敷の台所門までやってきた。

「待てど暮らせど、お嬢さまはあらわれません。さては心変わりを……と、そのように察して店まで走りました」

裏口にまわって窺《うかが》うと、何やら異変が勃《お》こった様子だった。

そこでようやく、長次はおとせの死を知ったのである。

もはや、駆け落ちどころのはなしではない。

半季にたったいちどだけ、逢えるはずの日に逢えぬまま、長次とおさやは海鼠堀のあちらとこちらに別れてしまった。

おさやの気持ちはどうなったのか、変わってしまったのか、それとも変わらずにいてくれるのか、長次はどうしても知りたかった。

「ところが知る術《すべ》もなく、おめえは縄を打たれた。それが顚末《てんまつ》か」

たらようの葉を流すことは、ふたりの心を繋ぎとめておくための遊びであり、儀式であり、ふたりのほかには仙吉しか知らない秘密だった。

「おめえ、今はもう、おさやの気持ちを知りたかねえと言ったな」

「もう済んだことです。お嬢さまはあの晩以来、遠くへ行っちまったんだ」

「そんなことが何でわかる。おめえを救おうとして、お奉行さまに嘆願状まで出したんだぜ」

「お嬢さまは誰よりも、旦那さまのことを案じておられました。おとせさまがあんなふうに亡くなっちまって、旦那さまのお嘆きはさぞかし深いものだったにちがいありません。お嬢さまは傷ついた旦那さまのことを、一晩中《よっぴて》抱きしめておやりになられたそうです」

「誰に聞いた」

「おとっつあんです」

「長助がなあ」

「こってり、しぼられました」

「そりゃそうさ、おめえは惚れちゃいけねえ相手に惚れちまった。そいつは仕方ねえとしてもだ、駆け落ちはよくねえ、無鉄砲な莫迦のすることだ。長助もきっとそうおもったにちげえねえ」

「はい」

「で、おさやの気持ちが遠くへ行っちまったと、なんでおめえはそうおもう」

「あの晩、お嬢さまは胸に誓ったはずなんです。金輪際、旦那さまを悲しませるようなまねだけはしたくないと」

「おさやは父親への情もかなぐりすて、いちどはおめえと生きようとおもったんだ。そう簡単に心変わりなぞするものか」

「いいえ、心変わりしたにきまっております。長尾さま、もう結構です、手前も未練がましいことはしたくない。お嬢さまさえ幸せになってくれれば、手前はそれでいいんです」

「ふん、恰好つけやがって」

長次はまだ若い。なかば、自暴自棄になりかけていた。

が、わからぬではない。なるほど、日本橋でも有数の大店の若旦那と誠実さだけが取り柄の手代、天秤に掛けてみれば十人が十人、若旦那を選ぶであろう。

しかし、娘心とは不思議なもので、大人たちの理解を超えている。


勘兵衛と長次は、万年橋を渡りきった。

「旦那、こっちこっち」

土手のしたから、声が掛かる。

銀次と三平が川縁に立っており、鯉四郎のすがたもあった。

「おう、今行くぞ」

勘兵衛は長次の袖を引っぱり、土手を駆けおりた。

川縁には筵が敷かれ、線香と供花が用意されている。

銀次は満面の笑みを浮かべ、両手を広げてみせた。

「長次、やっと来やがったな」

「遅れて申し訳ございません」

「おめえがどうしても、おとせの霊を弔いてえってんで、旦那がわざわざ機会をこさえてくだすったんだ。感謝しなくちゃならねえぜ」

「はい」

長次は筵まで歩をすすめ、樒《しきみ》の香木を手向けた。

線香に火を点けると、微かに芳香が立ちのぼる。

手を合わせる長次にむかって、銀次が問いかけた。

「おめえ、お妾さんにゃずいぶん世話になったんだろう」

「はい、よくしてもらいました」

姉のように慕っていたと、長次は正直に明かす。

「そうかい。ま、悪党どもは裁かれたことだし、おとせも喜んで成仏してくれようさ」

もはや、野上兄弟はこの世にいない。

紀州藩内で裁かれ、詰め腹を切った。

根岸鎮衛のはからいで、兄弟の凶状は表沙汰にされなかった。

長次は解きはなちとなり、本所廻りも責めを負わされずに済んだ。

ただし、与力の松浦左門は、奉行からきつい叱りを受けたと聞いている。

宍戸馨之介もさぞや、身の置き場に困っていることだろう。

銀次は短く経をあげ、三平に筵をたたませた。

「さあ長次、これで仕舞えだ。じつはな、白子屋のご主人から言伝《ことづて》がひとつある。明日からまた、性根を入れなおして奉公しろだとよ」

「え」

「おめえは立派にお店奉公をつとめあげ、一人前の男にならなくちゃいけねえ。約束できるってんなら、おめえにこいつをくれてやろう」

銀次はふところから、葉っぱを一枚取りだした。

「そ、それは」

「たらようの葉っぱさ、知らねえはずはねえだろう」

「それを……ど、どうなすったのですか」

「丁稚小僧の仙吉がおさやから預かった。おめえに渡してほしいんだとよ、ほれ」

長次はありがたがるように葉を押しいただき、震える手で裏にひっくりかえした。

めめずの這ったような文字で「三晦日未」と書かれている。

「もうすぐ未ノ刻だ。急いだほうがいいんじゃねえのか」

「は、はい」

長次は何度も転びながら、土手を駆けあがった。

鯉四郎と三平がその背を追い、勘兵衛と銀次はゆっくり従《つ》いていく。

四人は海鼠塀に沿ってすすみ、手前から三番目の樋のところまでやってきた。

長次は側溝の手前に這いつくばり、樋のむこうを必死に覗こうとする。

「果報は寝て待て、焦っちゃいけねえよ」

銀次にからかわれても、長次は黒土に鼻を擦りつけた。

「長尾さま、まことに流れてくるのでしょうか」

鯉四郎までが、心配顔で尋ねてきた。

「さあな」

根岸鎮衛が囲碁仲間の内藤勘解由と交わした約束は、勘兵衛しか知らない。

野上兄弟の身柄を引きわたす交換条件として、内藤は適当な時期に日本橋の江戸屋へ使者をおくると約束してくれた。破談について円満な解決をはかるべく、内藤本人が乗りだしてもよいと胸を叩いたのだ。白子屋や江戸屋にしたところで、紀州藩の江戸屋敷を束ねる留守居役の頼みとあっては断ることもできまい。

そしてもうひとつ、たらようの葉を所望したいと、根岸は頼んだ。

内藤は、お安い御用とばかりに承諾した。が、あらためて考えなおせば、たらようは先君が熊野から移植した木でもあり、葉っぱ一枚とはいえ、いちおうは殿様へお伺いを立ててみなければならない。

さいわい、藩主の治宝《はるとみ》（十代当主）は在府だった。内藤は紀州藩五十五万五千石を束ねる御三家の殿様にむかって、女中奉公の娘にたらようの葉を一枚所望できませぬかと、前代未聞の伺いを立てた。

ずいぶん、はなしが大きくなったものだ。

殿様はさぞかし好奇心を擽《くすぐ》られたにちがいないが、勘兵衛にも事の顛末は知らされていなかった。

それだけに、一抹の不安はぬぐいきれない。

おさやの気持ち如何にかかわらず、まんがいち、紀州の殿様が留守居役の要求をはねつけでもしたら、たらようの葉は流れてこない。若いふたりの縁は断ちきれてしまう。縁とはそういうものだ。

「これも賭けか」

いまさら溜息を吐いても後の祭り、根岸を介してたらようの葉を所望したのは、勘兵衛にほかならなかった。

未の八つは、疾うに過ぎた。

おさやの恋情は、なかなか流れてこない。

「旦那、翁煎餅でも齧りながら待ちやすか」

銀次が力なく笑いかけたそのとき、三平が声をひっくりかえした。

「あっ、葉っぱ」

それも一葉ではない。

樋を伝ってつぎからつぎへ、たらようの葉が流れてくる。

「こいつはすげえや」

数珠繋ぎになった葉は樋から側溝へ落ち、渦巻きながら筏《いかだ》となり、小名木川にむかって流れだす。やがて、側溝はたらようの葉で埋めつくされた。

「うへへ、こりゃいい」

銀次と鯉四郎が、嬉しそうに頷きあった。

紀州の殿様も粋な演出を考えてくれたものだ。

長次はとみれば、顔じゅうを涙で濡らしながら笑っている。

勘兵衛が、とぼけた顔で言った。

「長次、そういえば、おめえにもひとつ言伝があったのを忘れておった」

「どなたからのお言伝でござりましょう」

「きまってらあ、おさやからだよ」

「へ」

「父親に頼んでな、おめえが一人前になるまで女中奉公をつづけさせてもらうそうだ」

「あ……ありがとう存じます」

「礼なら白子屋の主人にするんだな、恩は奉公で返すしかねえだろう」

「はい」

「よし、これでほんとに仕舞えだ。ふはは、終わりよければすべてよしと」

青空にぽっかり浮かんだ雲にむかって、勘兵衛の笑い声が突きぬけた。

つがいの頬白が驚いたように、万年橋のうえを横切ってゆく。

江戸の町はすっかり、春めいてきた。

めぐみの纏《まとい》

一

静に似た女をみた。

年の頃なら四十手前、季節はずれの鳥追《とりおい》で、三味線を伴奏に艶《つや》っぽく唄いながら武家地を流して歩く。

おなじ太紐の一文字笠を被《かぶ》った十五、六の娘を連れていた。

門口で新内《しんない》を唄って銭穀を請い、足軽長屋の曰窓《いわくまど》にさりげなく媚《こ》びを売る。江戸詰めの勤番侍などを相手に、ひときり四百文程度で春を売る窓芸者だ。四百文といえば日本橋から吉原《よしはら》へむかう駕籠代《かごだい》の半分、場末の売春宿よりもさらに安い。

如月《きさらぎ》の啓蟄《けいちつ》、夕空には黒雲が垂れこめ、虫出しの雷がごろごろと鳴っていた。

その夜、芝切通しの岡場所で警動《けいどう》（手入れ）があり、臨時廻りも手伝いに駆りだされたのだ。

芝の切通しとは増上寺《ぞうじょうじ》の涅槃門《ねはんもん》を出て東へ下る崖地のことで、丘陵のまんなかを削りとって地肌の剝《む》きだしになった坂が百三十間ほどつづく。涅槃門前の広小路には見世物小屋や食べ物屋台が軒をならべており、坂道を下って時の鐘を通過し、そのまま桜川石橋《さくらがわいしばし》を渡れば愛宕《あたご》下へ抜けることができる。

それゆえ、愛宕下の大名小路から一直線に南下する手もあったが、溜池の東端から霊南坂を下り、麻布市兵衛《あざぶいちべえ》町から迂回《うかい》する道を選んだ。

なぜであったのか、選んだ理由などおぼえていない。

市兵衛町から南へすすむと、本庄《ほんじょう》藩、南部八戸《なんぶはちのへ》藩、仙台一関《せんだいいちのせき》藩といった東北小藩の上屋敷がつらなり、東へうねる急坂を下れば谷底へたどりつく。

昼なお暗く、夜ともなれば拍子木を打つ番太以外に人影はない。

我善坊谷《がぜんぼうだに》と呼ぶ吹きだまりへ通じる道で、静に似た女をみた。

縞の着物にだらり結びの繻子帯《しゅすおび》、白い手っ甲に日和下駄、一文字笠を目深に被っていたので、はっきりと顔をみたわけではない。

が、なぜか、二十年前に消えた妻のような気がしてならなかった。

「……あれから、もう十日が経った」

涅槃会も過ぎ、暦は春分に変わった。

我善坊谷の周辺へは何度か足をはこんでみたが、あの日以来、静に似た女をみることはなかった。

ひょっとしたらあれは、まぼろしであったのかもしれぬ。

静は武家娘ではない、水茶屋の看板娘だった。一目惚《ひとめぼ》れして声を掛け、八丁堀で所帯をもった。ほどもなく玉のような娘を授かり、ささやかな幸福を享受していたにもかかわらず、綾乃が初めての誕生日を迎えた年の暮れ、静は忽然《こつぜん》とすがたを消した。朝、幼い娘の泣き声で目を醒《さ》ますと「すみません、綾乃をお願いします」という書き置きが枕許にあった。

混乱したあたまで書き置きを破りすて、はだしで町内を駆けずりまわった。

——静、静。

と、みっともなく叫びながら、亀島橋《かめじまばし》を渡って霊巌島《れいがんじま》のほうまで駆けていった。

異変を察した仁徳の手で羽交い締めにされていなければ、そのまま江戸じゅうを駆けまわっていたにちがいない。

口惜しさが募ってきたのは、数日経ってからのことだった。

　おめえにゃ女心ってものがわかっちゃいねえと、酔いどれ医者の仁徳にはたしなめられた。

　そのとおり、自分にいたらぬところがあったのだろうと察しはついても、静が消えたほんとうの理由はわからない。

　この二十年、釈然としないおもいを抱えたまま、未練だけが燻《くすぶ》りつづけている。

　どうしようもない寂しさが込みあげ、泣けてくることもあった。

「情けない」

　こんな父のすがただけは、綾乃にみせまいとおもう。

　もうすぐ彼岸の入り、庭には紅い椿が咲いた。水辺を散策すれば睡蓮が芽生え、穏やかな陽の光を映す小川には卵を抱いた鮒《ふな》がすいすい泳いでいる。

　春の盛りは近い。

　にもかかわらず、鬱々《うつうつ》とした心境から逃れられずにいるのは、やはり、薄幸な鳥追の母娘をみてしまったせいであろうか。

　もういちど、逢えぬものかな。

　勘兵衛は縁側の日だまりに座り、うとうとしはじめた。

二

十六夜《いざよい》の月は煌々《こうこう》と空にある。

勘兵衛は物々しい捕り方装束のまま、南茅場《みなみかやば》町の大番屋へ舞いもどってきた。

板間へどっかり腰をおろし、小者に熱い茶を所望する。

出された焙《ほう》じ茶《ちゃ》を湯気ごと啜《すす》り、ようやく人心地がついた。

何やら、途方もなく長い一日であった。

縁側でうたた寝をしていたのも、おなじ今日のことだ。

我善坊谷で鳥追の母娘をみたことなど、すっかり忘れてしまっていた。

「みろ、わしは腕に金瘡《きんそう》を負ったぞ」

「ほほう、鳶口《とびぐち》で斬られた痕《あと》ではないか」

「さようさ。そやつの頬に肘鉄《ひじてつ》を食らわし、後ろ手にふんじばってやったのだわ」

「わしなぞは鎖竜《くさりりゅう》吒《た》を使ったぞ、じんじん端折《ばしょ》りで逃げる鳶の足首を狙ってな。ものの見事に引きたおしてやったさ」

鎖鉢巻きの同心や小者たちが、興奮の醒めやらぬ顔で手柄を自慢しあっている。

じつは夕刻から宵に掛けて、大掛かりな出役《でやく》があった。

場所は増上寺の表門外、芝神明社の境内である。め組の火消しどもと柏戸部屋の力士ら総勢二百人が、些細《ささい》なことから大喧嘩をはじめた。寺社奉行の配下だけでは手が足りず、南北町奉行所から捕り方が総動員されたのだ。

鳶のひとりが火の見櫓《やぐら》の半鐘を乱打したがために、め組三十六ヶ町の火消し人足ばかりか、野次馬どもまでどっと鳥居の内へ押しよせてきた。なにしろ、喧嘩は三度の飯よりも好きな連中ばかり、火に油を注ぐがごとく双方を煽《あお》りたて、騒ぎを鎮めるまで二刻《ふたとき》余りもかかった。

「お疲れさまでした」

「鯉四郎か、獅子奮迅の活躍であったな」

「それほどでも」

「相撲取りをふたり、火消しにいたっては十余人、その手で捕縛したであろうが、みておったのだぞ。わしなぞはひとりも縄を打っておらぬ。ほれ、こうして久方ぶりに鎖帷子《くさりかたびら》を着込んだというに、遠巻きに眺めておる野次馬どもとおんなじよ。ま、花相撲なんぞより、数段面白い見世物であったがな」

「仰《おっしゃ》るとおりです」

鯉四郎は籠手《こて》と臑当《すねあ》てをはずし、火照った顔をむけてくる。

「それにつけても、かの四《よ》ツ車大八《ぐるまだいはち》、さすがに東の大関だけはございます。三間梯子《さんげんばしご》をぶんまわし、鳶どもを束にまとめて薙《な》ぎたおしたあの手並み、まさしく一見の価値がありました」

「さよう、四ツ車めは鳶の投げた瓦《かわら》を受け、額から真っ赤な血を流しおった。空恐ろしいほどの色気であったわ。されど、段平《だんびら》を抜いたのは感心せぬ。鳶がひとり深手を負ったであろう」

「斬られたのは喧嘩の原因《もと》をつくった富士松《ふじまつ》とか申す平人足《ひらにんそく》にございます。そやつがちゃんと木戸銭を払って相撲見物をしておれば、こんなことにはならなかった」

勧進相撲の興行は晴天十日、本日は七日目とあって興をそそる取組が目白押しだった。地元の火消しは木戸銭御免の特権を有しているが、富士松の仲間には火消しでない者もまじっていた。

「鯉四郎、物事には表と裏の両面がある。木戸番の下っ端力士がもっと融通を利かせておれば、これほどの大事にはならずに済んだともいえる」

「まあ、それはそうかもしれませぬが」

「木戸銭を払う払わぬはただのきっかけ、かねてより遺恨でもあったのだろうよ」

それはともかく、門前払いを食った富士松たちは、どうにも怒りがおさまらなかった。仕方なく香具師《やし》芝居の見物へむかったところへ、柏戸部屋の九竜山という序二段の力士があらわれた。ここぞとばかりに意趣返しのつもりで喧嘩を吹っかけ、九竜山に金瘡を負わせてやった。

ところが、事情を知った力士側がこんどはおさまらない。

九竜山と同門の部屋頭でもある四ツ車は怒り心頭に発し、押っ取り刀で鳶たちのもとへ駆けつけた。巨漢力士たちも遅れてはならじとつづく。

驚いた長治郎《ちょうじろう》なる鳶が火の見梯子をよじのぼり、火事以外では禁じられている半鐘を滅多打ちに打ったがために、め組の人足どもが挙《こぞ》ってあつまってきた。

ここからが喧嘩の本番、東の大関を張る四ツ車大八の孤軍奮闘と相成るわけである。

「長尾さま、こたびの仕置きはどうなりましょう」

月番の北町奉行小田切土佐守直年《おだぎりとさのかみなおとし》が裁くこととなろうが、土佐守が年長の根岸肥前守に相談を仰ぐのは必定と、勘兵衛は読んだ。

「鳶の富士松、辰五郎、長治郎の三名は叩きのうえ江戸十里四方払い、め組の人足で喧嘩に関わった者は過料か御咎叱置《おとがめしかりおき》、相撲取りのほうは九竜山のみが江戸払い、四ツ車以下はお構いなし、そんなところだな」

「鳶のほうに厳しい仕置きですね」

「火事でもないのに半鐘を打った、それが大きい」

「なるほど」

「四ツ車は多勢に無勢のなか、弟子の窮状を救うべく大関らしい活躍をみせた。たとい、富士松が死んでも罪には問われまい。されど、根岸肥前守さまならば、一段と寛大なご沙汰をくだされるであろう」

「と、仰いますと」

「全員お咎めなし」

「まさか」

「芝の火消しと相撲取り、これは男《おとこ》伊達《だて》の競いあいだ。見物人もけっこう楽しんでおったではないか」

「されど、世間を騒がせたことの罪は償わねばなりませぬ」

「堅いことを抜かすな、もそっと肩の力を抜け。町人にさほど迷惑が掛かったわけではないのだ」

「しかし」

「肥前守さまなれば、喧嘩の原因は芝神明の半鐘が勝手に鳴りだしたゆえと断じ、半鐘に遠島を申しわたすやもしれぬ」

「人ではなく半鐘を遠島に……それはまた」

「粋なはからいであろう。ひとつ上申してみようかの、ぬはは」

勘兵衛は反りかえって笑い、周囲から胡乱《うろん》な眸子《まなこ》でみられた。

と、そこへ、鬼与力の異名をもつ門倉角左衛門が、火事羽織に陣笠姿でひょっこり顔を出した。

「あ、門倉さま」

「おう、勘兵衛か。のどちんこまでみせおって、ろくな手柄も立てておらぬのに何がそんなに可笑《おか》しい」

門倉は根岸の秘蔵っ子、外見は仁王のようで口調も突《つ》っ慳貪《けんどん》だが、与力では唯一、勘兵衛の意見に耳を貸す。極めて有能なので、内与力から吟味方へまわされた。用人あがりの遣り手だけに、奉行所内でも敵は多い。

勘兵衛が笑った理由を述べると、門倉はにこりともせずに「おもしろい」と吐きすてた。

「半鐘を遠島にのう。なるほど、さっそく明日にでもお奉行さまのお耳に入れておこう」

「は、恐縮いたします」

「腹の底から笑うのはよいことだ。末吉鯉四郎、おぬしも辛気くさい面をやめてすこしは見習え」

「はあ」

「しかし、困ったぞ。お縄にしたはよいが、あれだけ大勢の不届き者どもを仮牢へぶちこむわけにもいかぬ」

鳶も相撲取りも、当事者数名を除いて家へ帰すしかあるまい。

門倉はこのたび南町の内役与力では唯一捕り物におもむき、町火消人足改《まちびけしにんそくあらため》の与力どもども陣頭指揮を執った。捕まえた連中の行き先にまで心を配るとは、鬼瓦のような顔に似合わず繊細なところがある。

気の利く小者が、茶を淹《い》れてきた。

「お、すまぬ」

門倉は陣笠を被ったまま、ずずっと熱い茶を啜った。

「勘兵衛、ちと耳を貸せ」

「は」

何の気なく耳を寄せると、門倉は陣笠をもちあげ、ふっと息を吹きかけてきた。

「うへっ、何をなされます」

「うろたえるでない。耳糞を吹いてやったのだ」

「それはどうも」

「じつは困ったことが起こった。め組の纏が盗まれた」

「え」

喧嘩騒ぎに乗じて盗まれたらしい。

め組の頭取は血相を変え、門倉に相談をもちこんできた。何かとうるさい町火消人足改の与力よりも、かねてから懇意にしている門倉のほうがはなしやすかったのだ。

「内々で探してほしい。世間に知れりゃ鳶頭《とびがしら》の首が飛ばないともかぎらない」

「お奉行さまには」

「ご報告申しあげた」

町火消しを統轄するのは、町奉行にほかならない。纏はお上からの預かりもの、これを盗まれたとあっては町奉行所の面目も丸潰《まるつぶ》れになる。

「迅速かつ極秘裡《ごくひり》に探しだせ、との仰せじゃ」

「隠密廻りも動くのでしょうな」

「いいや、きゃつらは忙しゅうて纏どころではない。かといって、捨ておけぬ。それでおぬしにな。ともかく今から取ってかえし、鳶頭のところまで足労してくれぬか」

門倉は返事も聞かずに茶碗を置き、何事もなかったように腰をあげた。

ほかの連中はあいかわらず手柄話に花を咲かせ、鯉四郎までが輪の中にはいっている。

「弱ったな」

勘兵衛は気怠《けだる》そうに鎖帷子を脱ぎはじめた。

これからゆったり風呂にでも浸かろうとおもっていたのに、とんだはなしが舞いこんできた。

しかし、奉行直々の命となれば、のんびりしてもいられない。

身軽になって外へ踏みだすと、いつのまにか月は群雲に隠れ、日本橋川は暗澹《あんたん》とした闇《やみ》につつまれていた。

三

め組の鳶頭は、名を伝蔵《でんぞう》という。

芝の伝蔵なので「芝伝」と呼ばれていた。

二百三十人余りの火消しを束ねるだけあって、胆が太くて面倒見も良いと評判の男だ。

親分肌で町人たちにも人望がある。もっとも、人望がなければ町火消しの頭取という大役はつとまらない。

勘兵衛も面識はあったが、付きあいはなかった。伝蔵にかぎらず町火消しの頭取は、火消人足改方から盆暮れ以外にも法外な付け届けを要求される。それだけに、胸の裡《うち》では不浄役人を毛嫌いしているのだ。

伝蔵は矢鱈縞《やたらじま》の丹前を肩に引っかけ、箱火鉢のむこうにでんと座っていた。そばで接してみると存外に小柄な男だが、固肉《かたじし》で身軽な印象を受けた。年は五十前後と聞いている。肌の色艶は良く、髪も黒々としており、少なくとも五つは若くみえた。

吟味方与力の門倉に命じられてやってきたと告げると、女将《おかみ》のおせんともども、いちおうは下にもおかない態度で迎えいれてくれた。しかし、不満げな様子は隠せない。

どうしてまた、よりによって「うぽっぽ」と呼ばれる出来損ないの同心が送りこまれてきたのか、この緊急時に勘弁してほしいものだと、伝蔵の顔には書いてある。

すでに、亥《い》ノ刻をまわっていた。芝神明社門前の賑《にぎ》わいは失せ、町木戸も裏木戸も閉ざされている。

「夜分にご足労いただき、申し訳ごぜえやせん。しかも、大捕り物でお疲れのところを」

「おぬしこそ、呉服橋（北町奉行所）に呼びつけられ、何やかやと面倒なことになってお ろう」

「すこしばかりお暇を頂戴し、もどってめえった次第で。これから女どもは炊きだしをやり、仮牢の連中に差しいれをしなくちゃなりやせん」

「そいつは大変だな。斬られた富士松はどうなった」

「虫の息でござんす。あれじゃ三日ともちますまい。それでもお役人方がよくしてくれ、畳のうえで往生させてもらえそうなんで」

「ふうん、畳のうえでなあ」

「あっしが寄りあいで留守にしていなきゃ、こんな騒動にゃならなかったんだ。ま、何を言ったところで後の祭り、どんなお裁きでもお受けする覚悟でおりやす」

「さすがは鳶の親方だ。たとい、富士松が死んでも、四ツ車を恨むんじゃねえぜ」

「そりゃもう、大関を恨むのは筋違いってもんで。富士松のやつは可哀想だが自業自得でさあ」

伝蔵は口惜しさを腹の底へ仕舞いこみ、物事の道理がわかったような顔をする。

「そいつを聞いて安心した。お裁きはたぶん、おめえたちにゃ厳しいものになるだろう。なにしろ、鳴らしちゃいけねえ半鐘を鳴らしたんだ。しかも、そいつをやめさせようとした鳶がひとりもいなかったっていうじゃねえか」

「面目ねえ」

「ま、済んだことを言ってもはじまらぬ。ご沙汰のことよりも今は纏の行方だ。それにしても、厄介《やっかい》なことになっちまったなあ」

「まったくで。そのめえに旦那、小腹のほうは空いておられやせんか」

「気を遣うな、途中で夜鳴き蕎麦《そば》を啜ってきた」

「夜鳴き蕎麦を」

「市兵衛町の岡場所辺を流しているやつさ」

「与助の二八蕎麦でやすね」

「知っておったか」

「この界隈《かいわい》で知らねえもんはありやせん」

「だったら、火消しどもをちょいと走らせれば、纏の在処《ありか》もすぐにわかりそうなものだろう」

「今夜は無理でさあ、お奉行所のほうからも厳しく言われておりやす。夜の夜中に火消しどもを走らせるわけにゃいかねえ」

「そうは言っても親方のことだ、町中に網を張っておるのであろうが」

探るように窺《うかが》うと、伝蔵はにやりと笑った。

「ま、ある程度は」

「それでも手懸かりはなしか」

「今のところはまったく」

「纏ほど目立つものもあるまいになあ」

「仰るとおりで」

おせんが赦《ゆる》しを請い、奥へ引っこんだ。

伝蔵は煙管《キセル》を取りだし、箱火鉢の炭で火をつける。

「どうぞ」

お先煙草《さきたばこ》よろしく、朱羅宇《しゅラウ》の煙管を手渡された。

一服つけると楕円の紫煙が浮かび、天井へ吸いこまれていった。

礼を言って煙管を返すと、伝蔵は雁首を箱火鉢の角に打ちつけた。

「ちくしょうめ。五十年も生きてきて、こんなことははじめてだぜ」

「そいつは意外だな」

「どうしてです」

「め組は恵みがあるってんで縁起がいい。自慢の籠目《かごめ》八ツ花を盗む不心得者があってもおかしくはあるまいと、そうおもっていたのだが」

「冗談じゃありやせんや、纏は熊手たあちがいやすぜ」

め組の纏は「籠目八ツ花」と称される。籠をふたつ上下にかさね、鼓のようにみせたもので、胴のまんなかに「め」の字が描かれていた。纏持ちが火事場の屋根で七尺の吹きながしをまわす光景は、火事を見馴れた捕り方の勘兵衛でも胸の躍るものだ。

「それとも親方、心当たりでもあんのかい」

「じつは、ねえこともねえ」

「ほう」

「旦那、ここだけのはなしにしといてくだせえ」

「よし」

「ちょうど一年前、増上寺裏手の飯倉町から森元町にかけての一帯が焼けやしてね」

「憶えておるぞ。捕り方は付け火とみなしたが、下手人の赤猫はまだ捕まっておらぬ」

「さようで。じつはそのとき、ゑ組とのあいだで消口《けしぐち》争いがありやした」

「なるほど、ゑ組か」

いろは四十八組からなる町火消しは八つの大組（一、二、三、五、六、八、九、十番の各大組）に属し、各々、持ち場を決められている。江戸城の南東は二番組、南西は五番組とされ、なかでも芝と麻布の境界で背中合わせに接しているのは、二番組のめ組と五番組のゑ組であった。火消しの数もほぼ同等で、両組はなにかにつけて張りあってきた。

消口争いとは功名争いのこと。悪質なものになると、呼火といって消口に居ながら消さずに火を呼びこんだり、火の粉を使って発火させる継火といった手口まで平然とおこなわれた。

そうした事実があったかどうかはさておき、一年前に芝と麻布の境界で火事が勃《お》こり、め組が消口争いで勝ちを拾った。爾来《じらい》、双方には遺恨がわだかまり、下っ端の平口同士が町ですれちがっただけでも小競りあいが絶えないという。

「ゑ組の鳶頭はたしか、勝吾郎《かつごろう》であったな」

「はい」

麻布の勝吾郎、通称「麻勝」と呼ばれる肥えた五十男だ。

「纏は火消しにとって命のつぎにたいせつなもの、麻勝もそれくらいはわかっておるはずだ。遺恨があるにせよ、纏を盗むような莫迦《ばか》なまねはせぬのではないか」

「ほかに心当たりがごぜえやせん」

「念のために訊《き》くが、纏が盗まれたところを目にしたものは」

「おりやせん。そこの土間に置いてあったんですがね、ちょいと目を離した隙に盗まれちまったんだ。いつもなら、かならず誰かがおりやしたものを」

「盗まれたと気づいたのは」

「今から一刻半ほどまえ、酉《とり》の六つ半を過ぎたころでやしょうか」

捕縛された連中を元気づけてやるべく、纏をもちだそうとしたときに気づいたらしい。

「夕暮れにはありやした、おせんが憶えておりやす」

「日没から半刻のあいだか」

「はい」

「何か変わったことは」

「おせんが新内の唄声を聞いたと申しておりやす」

「新内」

「火消しどもにも聞いてみやすと、何人かが鳥追を見掛けたと申しやした。新内を唄っていたのはその鳥追にちげえねえ。正月でもあるめえし、妙だってんで、みんな憶えておりやしてね。なんでも、母娘連れの鳥追だったそうで」

「なんだと」

勘兵衛は、どきりとした。

「鳥追の行方は……行方を知る者はおらぬのか」

「三島町のほうへ消えたと聞きやしたから、愛宕下へ流しにでもいったのでしょうよ。旦那、どうかしなすったので」

「いや、別に」

「だめもとで麻勝の野郎を、当たってみちゃいただけませんかねえ」

「当たるのは吝《やぶさ》かではないが、容易に確証は得られまい。それにもし、麻勝がからんでおらぬとしたら、おぬしが笑い者にされかねぬが、よいのか」

「そこを何とか、うまくやっていただきてえので」

「わしがか」

「ええ」

おまえしかいないのだから仕方ないだろうとでも言いたげに、め組の鳶頭は大きな溜息を吐いた。

四

纏の行方よりも、鳥追の母娘のほうが気になった。

まちがいない、我善坊谷で見掛けた母娘であろうと、勘兵衛はおもった。

——静、おまえなのか。

胸の裡《うち》に問いかけてみる。

纏が盗まれた件と関わっているのかどうかは、判然としない。

どっちにしろ再会できる目があると知り、気持ちは昂揚《こうよう》していた。

もはや、子《ね》ノ刻は近い。

勘兵衛は門前通りを南へむかい、渋谷川に架かる将監橋《しょうげんばし》から小舟に乗った。

一ノ橋まで漕ぎすすんで陸へあがり、坂下町を過ぎて左手へ、さらに半町ばかりさきを右手に曲がれば一本松坂に出る。

鍋島藩の菩提寺《ぼだいじ》でもある賢宗寺《けんそうじ》の杜《もり》が、登り坂の中腹から左手奥に黒雲のごとく浮かんでみえた。

わずかに欠けた月は群雲にいざよい、星影は心もとない。

――うおおん。

山狗《やまいぬ》の遠吠えが聞こえた。

おもわず、急ぎ足になる。

かなりの勾配を登りきると、暗闇坂と交叉する四つ辻に行きついた。

目のまえにつづく下り坂は狸坂《たぬきざか》と名を変え、斜向《はすむ》かいには増上寺歴代住職の隠居地がある。隠居地はむかし氷川《ひかわ》神社があったところで、こちらも鬱蒼《うっそう》とした杜に囲まれていた。

ゑ組を束ねる勝吾郎の角屋敷は、杜を斜にみる坂上に建っている。

勘兵衛は意を決し、板戸を力まかせに敲《たた》いてやった。

「うるせえなあ、いってえ誰でえ」

提灯につづいて、取次の若僧がのっぺりした顔を差しだした。

鼻面に十手を翳《かざ》してやると、すんなり内へ入れてくれた。

用件など告げる必要もない。

ほどもなく、樽のように肥えた男があらわれた。

「よう鳶頭、すまぬな、こんな夜更けに」

「これは臨時廻りの……お名前はたしか」

「長尾勘兵衛だ」

「おっとそうでやんした。その長尾さまが、いってえ何のご用で」

「なあに、夕刻の一件でちと聞きたいことがあってな。ちょいと座らしてもらうぞ」

「め組の喧嘩ですかい。うちにゃこれっぽちも関わりはありやせんぜ」

「とばっちりを受けたくない気持ちはわかる。がな、火消しのなかにゑ組の刺子《さしこ》半纏《ばんてん》を羽織った野郎がいたらしいんだ」

「誰がそんなでたらめを。だいいち、うちの連中はめ組の阿呆どもとは犬猿の仲、喧嘩に加勢する莫迦はひとりもおりやせんぜ」

「いつから犬猿の仲なのだ」

「一年前、麻布と芝の境目で赤猫がありやしてね、め組と消口で揉めたんですよ。芝伝の野郎は汚ねえ手をつかいやがった」

「汚ねえ手」

「纏持ちの龍二《りゅうじ》が呼火をやったんでさあ。ふん、やらせたな芝伝の野郎だ。ぼうぼうと燃えさかる屋根のしたで平口どもに大団扇《おおうちわ》を扇がせ、あの野郎、さがれ、さがれと、龍二を煽りまくっていやがった」

頭取の発する「さがれ」は「我慢しろ」の意味だ。

纏持ちはいったん立ち位置をきめたら、容易に動いてはならない。紅蓮《ぐれん》の炎に囲まれつつも、崩落寸前の大屋根に仁王立ち、重い纏をまわしつづけねばならないのだ。

おなじ組の火消したちは火も消さず、下から纏持ちを応援する。竜吐水《りゅうどすい》は火を消すためにあるのではなく、纏持ちを濡《ぬ》らすためのものだった。

「こっちも意地になりやしたがね、龍二の根性にゃかなわねえ。可哀想なのは龍二のやつでさあ、纏を燃やさずに自分だけが燃えちまった」

「燃えただと」

「炎の蛹《さなぎ》になっちまったんですよ。それでもあの野郎、屋根のうえで纏をまわしつづけやがった。あの光景だけは目に焼きついてはなれねえ、壮絶のひとことでさあ」

拍手喝采をおくっていた野次馬たちも息を呑み、最後は黙りこんでしまったという。

め組は纏持ちの活躍で消口争いに勝ち、伝蔵は男をあげた。勇名を馳せた龍二は命こそとりとめたが、二度と纏を握ることのできない風貌になった。

「芝で一番の色男が醜い化け物になっちめえやがった。いくらまわりが気をつかっても、むかしの顔はもどってこねえ。龍二はいつしか酒に溺《おぼ》れ、仕舞いにゃ行く方知れずになったとか。半年ほどめえのはなしでさあ」

何か、引っかかるものを感じた。

土間の脇には、ゑ組の「馬柄杓車《まびしゃくぐるま》」が飾ってある。

勘兵衛はちらりと纏をみやり、唐突に口走った。

「鳶頭、おぬし、あの纏を盗まれたらどうする」

「え」

「たとえばのはなしだ」

「そりゃ、腹を切るか、首でも縊《くく》るしかねえでしょう」

「火消しにとって纏とは、それほどのものか」

「あたりめえだ。纏のねえ火消しなんぞは、具足も槍もねえ真っ裸の足軽同然でさあ」

勝吾郎の顔は真剣そのもので、嘘は微塵《みじん》もない。

勘兵衛は無礼を詫《わ》び、潜り戸を抜けて外へ出た。

ひゅっと寒風が吹きぬけ、縞の裾をさらっていった。

すかさず、綿入れの襟《えり》を引きよせる。

今夜はこれで手仕舞いにしよう。

一ノ橋から舟に乗れば、八丁堀まではさほど遠くない。

星明かりをたよりに、勘兵衛は一本松坂を下りはじめた。

——ちんとんとん、ちちとんとん。

幻聴であろうか、坂の中腹まで下りたところで、三弦を奏でる音色が聞こえてきた。

微《かす》かだが、美しい音色である。

音のするほうに導かれ、一ノ橋の船着場を知らぬまに通りすぎた。

気づいてみれば、十番のあたりまで足をはこんできている。

右手に白く浮かぶ海鼠塀のむこうは、戸沢上総守《かずさのかみ》（新庄藩六万八千石）の上屋敷であろう。

となれば、鼻先にまっすぐ延びる登り坂は、狸穴坂《まみあなざか》にまちがいなかった。

三弦の音色は大きくもならず、小さくもならず、消えてなくなることもない。

狸に化かされているような気分で狸穴坂を登りきり、上杉弾正《うえすぎだんじょう》（米沢藩十五万石）の中屋敷手前を右手に曲がる。さらに、榎坂《えのきざか》の手前を左手にすすめば、そこは吹きだまりの谷底へ通じる道であった。
「我善坊谷か」
いつのまにか、三弦の音色は鳴りやんでいる。
変わりに、うおん、うおんと、哀しげな喚《おめ》きが聞こえてきた。
野獣の咆哮であろうか。それとも、死霊の慟哭《どうこく》か。
谷底のほうから、殷々《いんいん》と響いてくる。
さすがの勘兵衛も、額に冷や汗を滲《にじ》ませた。
怖ろしさに足はすくみ、膝頭は笑っている。
それでも、正体を見きわめたい。好奇心のほうが勝った。
奈落のとば口までたどりつくと、闇が口を開けて待っていた。
得体の知れぬ慟哭は、闇の底から迫りあがってくる。
みえない糸に搦《から》めとられ、斜面を滑りおりた。
谷底の足場はわるく、泥濘《ぬかるみ》に踝《くるぶし》まで埋まった。
突如、汚物の臭気に鼻をつかれた。
暗闇に目が慣れてくると、広大な窪《くぼ》みの全体が芥溜《ごみた》めになっていることがわかった。
慟哭は芥溜めの一隅から聞こえている。

「男だな」

金瘡を負った落ち武者の呻《うめ》き声のようでもあり、世の無常を嘆く鬼の哭《な》き声のようでもある。

勘兵衛は背中の十手を握りしめ、一歩一歩ゆっくり近づいた。

それにしても、ひどい臭気だ。

目は霞み、鼻の奥がつんとしてくる。

そのとき、磐《いわ》のような背中が目に飛びこんできた。

丈で六尺、重さで四十貫はありそうな巨漢が芥を漁っているのだ。

「おい」

声を掛けた。

「そこで何をしておる」

巨漢は芥を漁る手をとめ、野太い首を捻《ねじ》りかえした。

「うっ」

あまりの異相に、勘兵衛は仰けぞった。

禿げた頭頂部は尖《とが》り、真っ赤な眸子は吊《つ》りあがり、耳まで裂けた口には破《わ》れ鍋《なべ》をくわえている。

「ぐおっ」

男は破れ鍋を吐きすて、尻をすっと落とした。

両方の拳を泥に埋め、股を大きく左右に割る。

まるで、相撲の立ちあいだった。

勘兵衛は危険を察知し、雪駄を脱いだ。

右手には十手を握っている。

「ぬが……っ」

凄《すさ》まじい殺気とともに、磐のかたまりが突進してきた。

勘兵衛は逃げる暇もなく、石臼のような頭で跳ねとばされた。

藁人形《わらにんぎょう》となって宙へ舞い、地べたにどしゃっと腰から落ちる。

「うくっ」

痛みよりも、恐怖のほうが先に立った。

泥濘に這《は》いつくばり、必死に身構える。

だが、気配はすでに失せていた。

巨漢は背をみせ、三年坂と呼ぶ北側の急斜面を駆けのぼってゆくところだ。

動悸が鎮まるまで、勘兵衛は芥の狭間《はざま》にうずくまっていた。

これが夢ならば、悪夢であろう。

美しい三弦の音色に導かれ、芥溜めへたどりついた。

遭遇した相手は、化け物じみた巨漢にほかならない。

鳥追は逃げ水のように捕らえがたく、纏の行方は闇のなかだ。

ともかく、ろくでもない一日だった。

勘兵衛は泥濘のなかで微睡《まどろ》み、はっと目を醒ました。

やがて、東の空が白々と明け初めてきた。

五

あまりに帰りが遅いので、綾乃に心配された。仁徳までが起きており、何かと穿鑿《せんさく》されたが、もちろん、静のことは黙っておいた。だが、勘の良い仁徳は何となく察しているようでもあり、訝《いぶか》しげな眼差しをおくられた。

勘兵衛は一睡もせずに朝を迎え、さっそく伝蔵のもとへ足をはこんだ。

ゑ組の勝吾郎と逢って喋《しゃべ》った内容を告げると、伝蔵も少しは期待していたらしく、女将のおせんともども、がっくり肩を落とした。

纏持ちの龍二について糺《ただ》してみると、ふたりは顔を曇らせ、多くを語らなかった。

ついでに、我善坊谷で芥を漁る大男についても訊いてみた。

伝蔵はよく知っており、男の素姓を教えてくれた。

名は捨六《すてろく》、年は四十のなかば、今でこそ芥漁りと物乞いで食いつなぐ願人坊主《がんにんぼうず》だが、若い頃は新庄藩お抱えの力士であったという。

――神室山《かむろやま》。

という四股名《しこな》を聞いて、勘兵衛は絶句した。

大関になり損ねた巨漢力士のことは、相撲好きなら誰もが知っている。

神室山は羽前、羽後、陸前、三国の国境に聳《そび》えたつ。文字どおり、神の座《いま》す聖なる山だ。

そして、神室山を鬼門の守護と崇める新庄藩の上屋敷は、我善坊谷の南にある。

捨六にとっては、土地勘のある場所なのだ。

もっと詳しいことが知りたければ、神田馬喰町《ばくろちょう》の付木店《つけぎだな》を訪ねてみてくれと、伝蔵は言った。言われてみれば、付木店は願人坊主の巣窟、捨六は朽ちかけた九尺店のひとつに住んでいるという。

鳥追の母娘との関わりもあり、捨六のことは気になったが、それよりも気に掛かっていたことがあり、勘兵衛は数寄屋橋御門内の南町奉行所へ足をむけた。

一年前に勃こった火事の一件を調べようとおもったのである。

書庫で記録を漁ると、火事の経緯を簡略に綴《つづ》った書面がみつかった。

——文化元年如月十四日丑《うし》下刻、飯倉二丁目伊平店より出火、炎は北風に煽られ、森元町にいたる七町を焼いた。薄明に鎮火、被害は寺社三、武家屋敷十余、町屋三十余、死者百二十六名、怪我人多数……。

風が弱かったこともあり、火事の規模は小さかった。め組とゑ組が功名争いを演じつつも、機敏に延焼を食いとめた成果もあったのだろう。そのことには触れていないが、下手人については「火付けの疑いあり」と銘記されていた。

勘兵衛が注目したのは「十四日当日、疑わしき者一名を捕縛するも解き放ち」と記された箇所だ。しかも、わずか十日後には期限を切らずに探索を継続する「永尋《ながたずね》」に切りかわっていた。「永尋」とは実質上の探索打ちきり、迷宮入りの意味だ。

疑わしき者一名のことも気になるし、永尋に切りかわる時期が早すぎるのも妙だ。

もしかしたら、捕り方は下手人を突きとめたのではないかと、勘兵衛はおもった。

突きとめていながら、何らかの事情で探索を打ちきりにせざるを得なかったのだとすれば、その理由を糺してみたい。

この一件をあつかったのは南町奉行所の町火消人足改、与力は柴山三十郎《しばやまさんじゅうろう》、同心は亀《かめ》島廉平《しまれんぺい》とある。

与力の柴山は得体の知れないところのある切れ者だが、亀島は実直が売りの四十男だ。昨日も捕り物の中核を担い、芝神明社境内にて大車輪の活躍をみせた。亀島を叩けば何か出てくるかもしれないと期待しつつ、勘兵衛は所在を尋ねまわった。

何のことはない、亀島廉平は八丁堀の自宅で寝ていた。

勘兵衛の家にも近い七軒町の組屋敷内、そこにも判で押したような百坪程度の平屋が建ちならんでいる。

木戸を押して来意を告げると、三十年増の新造が洟垂《はなた》れの手を引いてあらわれ、奥で寝ている亀島を起こしてきた。

もう、巳ノ刻をまわっている。

徹夜したにしても、二刻は眠ることができたはずだ。

寝惚け眸子であらわれた男は、あきらかに迷惑そうな顔をした。

「何のご用ですか。め組の一件なら北町に下駄をあずけてありますよ」

「いいや、昨日の件ではない」

「されば、どの一件でしょう」

亀島は、ぱんと裾を叩いて正座した。

眉も鬢《びん》も墨で描いたように黒々としており、鼻下や顎《あご》から棘《とげ》のような髭《ひげ》が生えている。髭も剃《そ》らずに応対に出たことを気にしてか、亀島は鼻と口を手で覆いながら喋った。

見かけとちがって気の小さい男のようだなと、勘兵衛は看破した。

「単刀直入にお訊きしよう。一年前、飯倉二丁目より出火した火事をあつかわれたな。記録を調べさせてもらったが、ちと不審な点がござった」

亀島は動揺を悟られまいとして、語気を強めた。

「その一件ならば、与力の柴山さまから捨ておけとのご命令がありました」

「いつ」

「忘れ申したが、おそらく、火事からひと月ほど経ってからでしょう」

「それはおかしい。十日後には永尋に切りかわっておるではないか。永尋は探索の打ちきりを示すものではなかろう」

「それは建前でしょうが。あなただって永尋の真の意味くらい、おわかりのはずだ」

「ふふ、わかっておる。されば腹を割ってはなそうではないか」

「何ですか、急に」

「案ずるな、おぬしを煮て食おうというのではない。正直にはなしてくれればそれでよいのだ、けっして口外はせぬ。ここで聞いたはなしは、わしの胸三寸におさめておく」

「そう仰られても」

「よし、てっとりばやく済ませよう。訊きたいことは一点のみ、おぬしは赤猫とおぼしき人物を捕らえたのであろう。それは誰だ」

「申せませぬ」

「捕らえたことは事実なのだな」

「は、はい」

「そやつが下手人なのか」

「わかりかねます。証拠不充分ゆえ、解き放ちにいたしました」

「上に命じられ、そうせざるを得なかった。なれど、同心の勘でいえば黒、じっくり責めれば白状させられたはず……と、顔に書いてあるぞ。今も悔やんでおるのではないのか、ふふ、黙っておるのはみとめた証拠だ。さあ、正直に吐くがよい、さもなくば、おぬしを土壇《どだん》へおくることにもなりかねぬ」

「ど、土壇へ」

「さよう、おぬしは死ねばそれで済む、だが、妻子は路頭に迷うぞ」

「同心仲間を脅すのですか」

「都合のわるいときだけ、仲間呼ばわりするな。わしは南町のはぐれ者、能天気なうぽっぽと呼ばれておることくらい、百も承知だ」

亀島はうなだれ、一言もない。

「なぜ、喋るのを拒む、後難を怖れてか」

「いいえ、疑わしき者の姓名がおおやけになれば、火消し全体の秩序を乱すことにもなりかねませぬ」

「おぬし、そうやって与力どのに説得されたな。秩序を乱すというのは、与力が都合のわるいときに使う常套句《じょうとうく》よ」

「わかっております。されど、わたしの立場ではどうにもならぬことです」

「立場か。わからぬではないがな、あのときの火事で百名以上の死者が出ておるのだぞ。立場がどうのと言うておる場合ではなかろう」

「わ、わかっております」

「されば正直に申せ、縄を打った者の名は」

「む、村越《むらこし》……伊織《いおり》と申す者にございます」

亀島は目を伏せ、顎を震わせた。

「侍か」

「旗本の次男坊にござる」

「なるほど、穀潰《ごくつぶ》しだな」

「ただの穀潰しではありませぬ。霊南坂の石川《いしかわ》家に仕えておりました……いや、今も仕えておるはずです」

「霊南坂の石川久四郎《きゅうしろう》さまと申せば……あっ、定火消《じょうびけ》しか」

「はい、村越伊織は定火消しの与力なのです」

定火消し役は三千石以上の旗本に課される布衣役《ほいやく》、江戸城内では菊の間詰めだが、実入りの少ない役なので、誰も就きたがらない。

そもそも、定火消しは武家屋敷全般の火消しを担うべく創設された。火消し人足は臥煙《がえん》と呼ばれ、むかしは肩で風を切って町中を闊歩《かっぽ》していたものだが、昨今ではすっかり影が薄くなった。町火消しの役割が大きくなり、それにつれて大名火消しともども、役割と権限が大幅に縮小させられたのだ。

石川久四郎は近江に知行地を有する家禄五千五百石の大身である。配下に与力三名、同心九名を抱えていた。与力は石川が懇意にしている旗本の次男坊や三男坊、同心は御家人の子息たちだが、気性の荒い鼻つまみ者が多い。

当然のごとく、風紀は紊《みだ》れがちだった。火事場へ駆けつけるどころか、賭場や岡場所に入りびたり、喧嘩沙汰を起こしては親元に迷惑をかけていた。度が過ぎると目付の仕置きで役向不首尾とされるが、こうした例はあまりない。ことに、与力は大身旗本の出身者が多いだけに気を遣わねばならず、たいていは穏便なかたちで済まされてしまう。

ともあれ、町奉行所の捕り方にとっては、もっともあつかいづらい連中にほかならなかった。

亀島によれば、村越伊織は二十歳そこその若僧で、同年輩の同心ふたりを引きつれ、悪さをしていたという。同心の名は小野寺《おのでら》庄助《しょうすけ》と羽鳥《はとり》右京《うきょう》、いずれも番方に任じられている御家人の次男坊であった。

村越以下三名は悪戯《いたずら》半分で火付けをやったと、亀島は確信していた。

それというのも、夜廻りの番太数人が従前より不審な三人組のすがたを目撃していたからである。

亀島は村越の素姓を知りつつも、いったんは罪を吐かせる覚悟を決めた。

ところが、与力の柴山三十郎から待ったが掛かった。証拠不充分と指摘されれば確かにそうした面も否めず、諾するよりほかになかったのだ。

「長尾どの、どうか、くれぐれもご内密に……このとおりにござります」

亀島は嗄《しゃが》れた声を発し、板間に土下座をした。

「みっともないまねをするな。おぬし、夢見は悪くないか」

「はあ」

「はあではない」

勘兵衛は腰を曲げ、亀島の鼻先へ顔を近づけた。

「おぬしは上から圧力を掛けられ、信念を曲げた。そのことが気になって、時折、悪夢をみるのではないのかと申しておる」

亀島は黙って俯《うつむ》いた。どうやら、そのとおりらしい。

「それはな、火事で焼け死んだ者たちの霊が呼びかけておるのだ。おぬしに下手人を挙げてもらわぬことには、成仏できぬとな」

「わたしに……いったい、どうせよと」

「さあ、知らぬ。ただ、おぬしに良心の欠片《かけら》が残っておるのならば、今からでも遅くはないぞ」

「今からでも」

「さよう、永尋とは期限を切らぬ探索のことだ。今いちど証拠を積みかさね、下手人を割りだしたところで、咎《とが》めだてされる筋合いはあるまい」

「しかし」

「わかるぞ、上役に恵まれぬ者の悲劇よのう。されどな、十手持ちはおのれの信念にしたがって動かねばならぬもの。どうなろうとも、やるだけのことをやれば悔いはなかろう。正義に殉じることができれば、本望ではないか」

「正義に殉じる」

「追及を免れた穀潰しどもは、いまだに、のうのうと生きながらえておる。そやつらを土壇へおくるべく必死になれ。それができねば十手を返上せよ……わしが言えるのはそこまでだ。ほれ、ご新造と子がみておるぞ」

廊下の奥から、妻女と洟垂れが遠慮がちに顔を差しだしている。

亀島は頭を垂れたまま、両手で着物の裾をぎゅっと握りしめた。

「あの子は父がどうするのか、じっとみておるぞ……ふはは、それにしても亀島どの、ちと寝坊が過ぎるのではないか」

勘兵衛はふっと身をはなし、聞こえよがしに大声を張りあげた。

「ま、無理もあるまい。芝神明社における獅子奮迅のご活躍、天晴《あっぱ》れ見事な武者ぶりでござった。これぞ十手持ちの鑑と与力の方々も目を細めておられたはずじゃ。ささ、手をあげなされ。一騎当千の誉れも高き亀島どのに土下座などされては、この長尾勘兵衛、身の置きどころに困り申す」

廊下の奥で、洟垂れが顔をかがやかす。

顔もあげられぬ亀島を尻目に、勘兵衛は意気揚々と去っていった。

六

勘兵衛はその足で、馬喰町の付木店へむかった。

奉行直々の命ということもあり、め組の纏を必死に探さねばならぬところだが、自分でも知らぬまに、どんどん横道へ逸《そ》れてゆく。

川の流れに身をまかせ、たどりついた彼岸には、いったい誰が待っているというのか。

誰かが待っていてほしいと願いつつ、眠い目をこすり、重い頭を振りながら、一歩一歩膝を繰りだすしかない。

付木店は公事宿《くじやど》の居並ぶ馬喰町の狭間にあり、そこだけがどんよりとした空気につつまれていた。

付木とは檜《ひのき》材を薄く削って先端に硫黄を塗った点火材のことで、使用禁止の触れが出たこともある奢侈品《しゃしひん》だった。朽ちかけた棟割長屋には、かつて付木売りが多く住んでいたというが、今は物乞いの願人坊主たちが身を寄せあって暮らしている。

家主は左源太《さげんた》といい、還暦を過ぎた独身男だった。

知らぬ相手ではない。左源太は裏の顔をもっている。

二十数年前までは名の知れた盗人《ぬすっと》一味に属し、土蔵の屋尻切《やじりき》りを得意としていた。ところが、下手を打って捕まり、勘兵衛の説得で仲間を売った。訴人をやった見返りに首の繋がった男なのだ。

付木店は誰かの持ち物ではない。お上のさだめた火除地《ひよけち》にほかならなかった。

火除地にいつのまにか棟割長屋が建ち、火に関わりの深い付木売りが縁起を担いで住みついた。やがて、付木売りという商いそのものが衰退すると、東叡山などの宿坊から逐《お》われた願人坊主たちをひとまとめにして住まわせるところに変わった。

左源太は、町奉行所のはからいで家主になった。二十年も家主をやりながら、さまざまな情報を売ってきた。情報を集めてくるのは、ほかならぬ願人坊主たちである。一日に何里も歩き、江戸の隅々まで足を延ばす。そうした連中の集めた情報は多岐にわたり、けっして侮ることができない。

捕り方も便利に使っていた。使いようによっては重宝するが、足許をすくわれる危うさもある。両刃の剣を提げ、得意気な顔をしているのが、左源太という男なのだ。

予想どおり、捨六は留守だった。

捨六にかぎらず、願人坊主はみな、物乞いに散っている。

鼠《ねずみ》に似た左源太だけが、木戸脇の番小屋で暇そうにしていた。

「よう左源太、久しぶりだな」

「あ、うぽっぽの旦那」

「おめえにまで、そんなふうに呼ばれようとはな、おれも年をとったもんだぜ」

「へへ、むかしは落としの勘兵衛といわれた旦那も、もうすぐ悠々自適の隠居暮らしでやんしょ」

「あいかわらず、口の減らねえ野郎だぜ。ふん、まあいいや」

勘兵衛は店頭に置かれた干物を齧《かじ》り、ぺっと土間に吐きすてた。

「なんだこりゃ」

「鯵《あじ》の干物でさあ」

「まさか、十年前の干物じゃねえだろうなあ」

「せいぜい、三年くれえでやんす」

「けっ、物なぞ売らずとも食っていけるだろうに」

「ところで、用事は何ですか」

「茶が呑みてえな」

「お待ちを」

じっくり腰を据えて、はなしを訊こうとおもった。

左源太もそれと察し、唇《くち》もとから薄ら笑いを消した。

上がり框《かまち》に座った途端、茶が出された。

「湯気も立ってねえ茶か」

「へへ、出がらしですぜ」

「しょうがねえな」

勘兵衛は茶碗を取りあげ、ひと口啜った。

「お」

けっこう美味い。

「茶葉にだけは気を遣っておりやす」

「なるほど、さすがは左源太、つぼは押さえておるな。さっそくだが、捨六のことを教えてくれ」

「捨六、あのでかぶつが何かしやしたかい」

「いいや、何もしてはおらぬ。麻布の我善坊谷で芥を漁っておった」

「そいつは銅鉄を集めておったのでやしょう。やつは冬でも凍《い》てついた川に浸かり、川底から鉄屑だのを掻きあつめて売るんですぜ」

「淘《よなげ》屋《や》をやっておるのか」

「ま、そんなようなもので。なにせ、気性の荒え野郎だもんで、物乞いに精を出せとも意見できねえ。店に置いとく理由は、用心棒替わりになるからでしてね。なにせ野郎はそのむかし、かの雷電為《らいでんため》右衛《え》門《もん》と闘って勝ったことのある相撲取りなんですぜ」

「おれが知らねえとでもおもってんのか。雷電に勝った決まり手は上手投げだ」

「当たり」

「さあ、野郎のむかしを教えてくれ」

「二十年以上前のはなしでやすがね、やつは陸前から江戸へ出てきたんです。右も左もわからねえ力だけが自慢の山出し者に、世間の風は冷たすぎた。まともな仕事なぞあろうはずもねえ。賭場の用心棒にはじまり、仕舞いにゃ辻強盗に追いおとしと、食うためにゃ人殺し以外は何でもした。ところが世の中、それほど捨てたもんでもねえ。通り者の悪党に堕《お》ちかけたとき、捨六はひょいと見かけた娘に助けられたんでさあ。やつのことばを借りれば、観音さんに出逢ったんだとかで、柄にもなく水茶屋の看板娘に恋情を抱いちまった」

「観音さんってのは、水茶屋の看板娘なのか」

「十八の娘と聞きやしたぜ。へへ、誰がみても捨六とは釣りあわねえ別嬪《べっぴん》だったんでしょうよ」

「名は」

「あの野郎、こっ恥ずかしいってんで、肝心なことは喋らねえ」

「さようか」

勘兵衛は、ほっと肩の力を抜いた。

さきほどから、胸騒ぎを感じている。

その理由を薄々勘づいていながら、耳を塞ぐことができない。

木訥《ぼくとつ》なところが気に入られたのか、捨六は看板娘といい仲になった。

ところが、裏店でいっしょに住みはじめて半年後のこと、捨六は市中でごろつきどもの喧嘩に巻きこまれ、不運にも縄を打たれた。そのとき、捕り方に怪我を負わせてしまい、遠島の沙汰を受けたのだという。

「流人船は万年橋から出やした。捨六は二年もすれば帰《けえ》ってくることになってたが、桟橋で見送る娘のすがたはなかった。無理もねえ、娘は捨六が捕まったことを知らずにいたんですよ」

知らずに江戸じゅう駆けずりまわり、最後はあきらめるしかなかった。周囲の連中が捨六の行方を教えなかったのだ。

「不釣りあいなふたりだと、誰からもおもわれていたんでしょう。娘は捨てられたものとおもいこみ、すっかり落ちこんじまった。ところが一年後、娘におもわぬ幸運が舞いこんできた。旦那とおんなじ町奉行所のお役人さまに見初《みそ》められたんですよ」

娘がなかば強引に娶《めと》られたのだと聞き、勘兵衛は生唾《なまつば》を呑みこんだ。

「さて、娘は晴れて八丁堀の住人となり、幸福をつかんだやにみえた。ところが、所帯をもって二年後、捨六のやつが御赦免船でひょっこり帰えってきやがった。むかし惚れあった女を捜し、露地裏の暗がりへ連れだしやしてね、自分が島送りにされた経緯を訥々《とつとつ》とはなして聞かせた。そうしたら、女にえらく同情されたんだそうです。女のほうにも未練があったんでしょう。同情で済んでりゃよかったものを、焼《や》け木杭《ぼっくい》に火が点《つ》きやがった」

そうはいっても、おいそれと駆け落ちするわけにはいかない。

「なにしろ、女は隠れもしねえ十手持ちの新妻だ。子があったかどうかまでは知りやせんがね、恩義のある旦那を捨てて逃げる決断はつかねえ。それとみてとった捨六は鬼になった、女を脅しつけたんでさあ。おれといっしょに逃げねえのなら、刺し違えてやる。そうやって吐きすてるや、女をひょいと肩に担ぎ、その足で江戸から逃げだしちまった」

捨六の出世物語は、そこからはじまる。

故郷の新庄藩で御前相撲が開催され、比類無き強さをみせつけて勝ちあがり、大名お抱えの力士となった。そして数年後、参勤交代の供揃えのひとりとして江戸へのぼり、芝神明社や本所回向院《えこういん》の境内などで催される晴天十日の大相撲で大いに名を馳せた。

「神室山の四股名で雷電と闘ったのも、その時期でさあ。国元の新庄にゃ役人から強奪した女房と五つになる娘が待っていた。捨六は江戸でひと旗あげて帰える気でいたんだ。ところがどっこい、世の中そんなに甘かねえ、禍福は糾《あざな》える縄のごとしってね」

　あるとき、島でおなじ釜の飯を食った悪党仲間が訪ねてきた。通り者だった事情をばらされたくなければ、給金の半分を寄こせと脅されたのだ。捨六は言われたとおりにした。だが、悪党どもは味をしめ、つぎつぎに厳しい要求をつきつけてくる。ついに、捨六は堪忍袋の緒が切れ、悪党どもを撲《なぐ》り殺してしまった。

「証拠はありやせんがね。こいつはとっときのはなしだ、あの野郎を酔わせて喋らせたんですよ。ほかならぬ旦那のことだ、只にしときやす」

　人を殺してから、捨六の人生は下降の一途をたどった。

「相撲取りとしても、峠を越えていたんでしょうよ」

　大関になるとまでいわれた男は、いつのまにか土俵からすがたを消していた。酒に溺れ、誰彼構わず喧嘩を吹っかけ、通り者だった若い頃の自分に逆戻り。ほどもなく新庄藩から叩きだされ、故郷へ帰ることもできず、やがて、食うことすらままならなくなり、物乞いに堕ちてしまった。それから十数年、毎日、芥溜めを漁って暮らしている。

「旦那、そいつが捨六って野郎の事情でやすよ」

捨六に捨てられた妻子も、新庄の城下から放逐されたにちがいない。

生きていれば、鳥追の母娘とおなじ年恰好だ。

「季節はずれの鳥追ですかい。それなら、十日ほどめえに訪ねてきやしたぜ」

左源太は驚く勘兵衛の顔をみるともなしに、淡々とつづける。

「捨六は留守だと言ったら名も名乗らず、母娘はどこかへ消えちめえやがった。季節はずれの鳥追だもの、春を売って歩いていたにちげえねえ。もし、あれが捨六の捨てた母娘だとしたら、やりきれねえはなしじゃありやせんか。みんなして、不幸の天秤棒を担いでいるようなもんだ」

もはや、左源太のはなしは半分も聞こえていない。

勘兵衛はなぜか、四文銭をおもいうかべていた。

自分が表で捨六は裏、もしかしたら、おなじ女に関わって表と裏の人生を歩んできた者同士なのかもしれない。

そうでないことを、祈らずにはいられなかった。

鳥追の母親が静だとすれば、捨てられた自分があまりに惨めで情けない。

「旦那」

左源太に呼びかけられ、勘兵衛はわれにかえった。

「妙な噂を聞きやしたぜ」

「ん」

「何でも、め組の纏が盗まれたとか」

「誰から聞いた」

「へへ、あっしは地獄耳なんですよ」

「おめえに知られちまったら、め組の頭取も覚悟を決めねばなるまい。明日になりゃ江戸じゅうが知っちまうだろうぜ」

「そいつはどうだか、まだ確証をつかんだわけじゃねえ。旦那、ご存じなんでしょう」

鎌を掛けられ、勘兵衛は鬢を掻いた。

「ほらね、へへ、噂はほんとうだったらしいや。んでもって何ですかい、纏を盗んだ野郎が捨六だと」

「早合点するな」

「たしかに、元相撲取りの願人坊主がめ組の纏を盗んだって、一文の得にもなりゃしねえ……いや、待てよ、縁起を担いだのかもしれねえぞ」

「どういうことだ」

「めぐみは恵みに通じやす。どうしようもねえ自分にも、ちったあ幸福を恵んでほしいとね、お天道さまに手を合わせ、願掛けよろしく盗んだのかもしれねえってことですよ」

あながち、あり得ないはなしでもない。

捨六の手に入れたい幸福とは、自分が捨てた妻子との再会を果たし、いっしょに暮らすことなのではあるまいか。

勘兵衛は胸苦しさをおぼえつつ、そんなふうに想像した。

七

芝切通しの警動で捕まえた小悪党のなかに、鵜吉《うきち》という女衒《ぜげん》がいた。与力の門倉角左衛門によれば、取調べのなかでめ組の喧嘩が話題にのぼり、龍二の名が出た。

早急に逢ってはなしを聞いてみろと門倉に命じられたので、勘兵衛は夕刻になって小伝馬町の牢屋敷へむかった。

牢屋同心にはなしが通っていたので、鵜吉とは西二間牢脇の鞘土間《さやどま》で誰にも邪魔されずに面会することができた。

雪隠《せっちん》と背中合わせの細長い板間には、勘兵衛のために用意された手焙《てあぶり》がぽつんと置いてある。

「旦那、そういえばあの野郎、灰のうえにいっつも手を置いておりやしたっけ」

「灰に手形、火の用心のまじないさ」

「そうなんですってねえ、あの野郎が教えてくれやしたぜ」

「その男、龍二と名乗ったのだな」

「へい、半年ほどめえ、高輪の岡場所ではじめて逢いやしてね、女郎屋の用心棒にしちゃずいぶんしっかりしている。だもんでむかしの事情を質してみると、自分はめ組の纏持ちだったって言い張るんでさあ。なるほど、言われてみりゃ顔にも首にも手足にも火傷の痕《あと》がある。こいつはどうも嘘じゃなさそうだと、あっしはおもったんです」

「ふんふん、それで」

「ふた月ほど顔を見なくなったとおもったら、暮れにひょっこり戻ってきやがった。何となく気に掛かりやしてね、呑みに誘ったんですよ。そしたら、自分は芝で生まれて芝で育った。やっぱし、芝からは離れられねえと、おんおん泣きやがった」

「今はどこに住んでおるのだ」

「羽前から戻ってからは、芝神谷町の小汚ねえ裏店に住みついたと聞きやした」

「羽前におったのか」

「神室山がみえる城下町と言いやしたから、たぶん、新庄でやしょう」

「なぜかな」

「え」

「なぜ、よりによって羽前だったのかな」

「さあ、そいつは知りやせんや。おおかた、暮らすにゃ心地の良いところだとかどうとか、誰かに吹きこまれたんでしょうよ」

勘兵衛は鬢を撫でまわして考えこみ、ふっと眼差しをあげた。

「龍二はまことに、さきほどの台詞《せりふ》を口走ったのだな」

「へい、め組の纏を盗んでやると、はっきり言いやした。かなり酒はへえっていたが、あの野郎はこれっぽっちも酔ってなんぞいなかった」

「おぬしを捕まえたのは、十二日前のはなしだ。龍二と最後に逢ったのはそのころか」

「さようで。やつもしばらくは決心がつかなったんでしょう。なにせ、纏は火消しの命、そいつがなくなりゃ組は仕舞えだ……でも、どうやら、あの野郎は一線を越えちまったらしい」

「なんでわかる」

「だって、旦那はわざわざ、その一件でみえられたんでしょう。め組の火消しと相撲取りの大喧嘩、あっしもこの目でみたかったですぜ。龍二の野郎、火消しどもの生き生きした面をみて、羨《うらや》ましくなったにちげえねえ。自分のことが情けなくて、心底から口惜しいとおもったにちげえねえんだ」

それで、め組の纏を盗む決心がついたのだろうと、鵜吉は邪推してみせる。

「龍二にしてみりゃ、纏はからだの一部だった。そいつを奪いけえしたところで罰は当たらねえ。きっと、そんなふうに自分を納得させたんだ」

「なるほどな、おぬしの言うとおりかもしれぬ」

「旦那、纏がみつかったら、どうしなさるんで」

「竪大工町の纏屋にめ組の纏をつくらせれば、十両や二十両では利かぬだろうな」

「十両盗みゃ土壇行き、するってえと龍二のやつは打ち首ですかい」

「お上が裁けばそうなる。されど、この一件を裁くのはわしらではない、芝伝さ。盗んだ野郎をどうするかは鳶頭の胸ひとつだ」

「ほへえ、こいつは驚いた。南町にゃ旦那みてえな情け深えお役人さまもいなさるんだな」

「いくら褒《ほ》めても、ここから出してはやれぬぞ」

「けへっ、わかっておりやすよ」

「ところで鵜吉、女衒のおぬしなら知っておるやもしれぬ。ひとつ訊きたいことがあってな」

「何でやしょう」

「鳥追の母娘を知らぬか。虫出しの雷が鳴りはじめたころ、市兵衛町のあたりを流しておった母娘のことだ」

「存じておりやすよ」

「まことか」

「名前も素姓も知りやせん。ただ、あのあたりの武家地を流していたのは知っておりまさあ。でも、どうして旦那が」

「ちょっとな」

「たちのわりい連中ですぜ。鳥追の後ろにゃ捨六っていう元相撲取りが付いておりやしてね、浅黄裏の山出し侍相手に、つつもたせをやらせていたんですよ」

「なんだと」

勘兵衛は目を剝いた。

「嘘じゃありやせんぜ。日窓の侍が何人も臍《ほぞ》を噛《か》まされたって聞きやした」

「いかに世間知らずとはいえ、大小を差した侍ともあろうものが、つつもたせごときに引っかかるのか」

「なあに簡単でさあ。人気《ひとけ》のねえ小屋へ連れこみ、さあこれからってときに海坊主みてえな捨六がぬっと顔を出す。相手は刀を抜くどころか、腰を抜かすしかねえ。ま、強請《ゆす》るといっても、てえした稼ぎにゃならねえでしょうがね。どっちにしろ、やつらに所場を荒らされ、切通しの女郎屋も迷惑を蒙ったんだ」

それらの女郎屋は警動の網に掛かり、きれいさっぱり消えてなくなった。

どうせまた雨後の筍《たけのこ》のように出てくるだろうが、当面は鳴りをひそめるしかあるまい。

「鶍吉、つつもたせが噂になったのは、いつごろのはなしだ」

「年明け早々でやすよ。捨六が怖くて直談判する者もいねえ。今でもどうせ、我善坊谷の賤《しず》ヶ屋《や》あたりへ獲物を連れこんでおりやしょう」

「我善坊谷に賤ヶ屋があるのか」

「芥溜めの奥に観音開きの古い御堂があるんでさあ。足のねえのが出るってんで誰も寄りつきゃしねえ。それをいいことに、捨六が根城にしているとか。真夜中になると、御堂から三弦の音色が響いてくるんでさあ。じつは、あっしも耳にしたことがありやしてね、ありゃたぶん、鳥追の母娘がつつもたせの相手に一曲弾いてやっているところにちげえねえ」

やはり、昨夜の音色は幻聴ではなかったのだと、勘兵衛はおもった。

鶍吉のはなしが事実だとすれば、すでに、捨六は鳥追の母娘と再会を果たしたことになる。ささやかな幸福を求めようとするどころか、外道のすすむ急坂を地獄にむかって転がりおちているのだ。

勘兵衛は鉛を呑んだような顔で、牢屋敷をあとにした。

表門から出て目を向けると、四つ辻のむこうに亀島廉平が悄然《しょうぜん》と佇んでいた。

礼儀正しく一礼し、周囲を気にしながら歩みよってくる。

「亀島氏か、どうしたのだ」

「長尾どのがこちらと聞いたもので……ちと歩きませぬか」

「ふむ」

勘兵衛は、厳《いか》つい亀島と肩をならべた。

神田堀を左手にみながら、東へすすむ。

このさきの亀井町から堀を越えれば馬喰町、もしかして付木店へむかうのだろうかとおもったら、そうではなかった。

「柳橋から猪牙《ちょき》に乗りましょう」

と、亀島は言った。

「長尾どのに諭《さと》され、あれから定火消しの連中を探ってみたのです」

「ほ、そうであったか」

「顔見知りの折助《おりすけ》をとっちめましてね、ようやっと聞きだしたのですが……じつは昨晩、同心の小野寺庄助がつつもたせに引っかかったらしく、身ぐるみを剝がされて屋敷へ逃げかえってきたのだそうです」

「ほう、それで」

与力の村越伊織に報告したところ、村越は激昂し、小野寺に腹を切れと迫った。つつもたせに引っかかるとは言語道断、武士の風上にも置けぬ。腹を切らされてもおかしくない場面ではあったが、小野寺は泣いて詫びを入れた。

赦されはしたものの、村越の怒りはおさまらない。

「小野寺と羽鳥右京の両同心、さらには手懐《てなず》けておる臥煙どもまでしたがえ、今宵、騙《だま》した相手の素首を獲りにむかうと吼《ほ》えたらしい」

「妙なことになりおったな」

「なにせ相手は定火消し、町奉行所の捕り方を大っぴらに動かすわけにもまいりませぬ。かといって、ひとりの男がなぶり殺しにされるところを見過ごすわけにもいかぬ。考えあぐねたすえ、こうして長尾どのを頼った次第」

「臥煙の数は」

「十人余りはおりましょう」

「ふたりでは心もとないな。鯉四郎がおってくれれば百人力なのだが」

「じつは、末吉どのにも声を掛けさせてもらいました。ひとあしさきに到着しておられるはずです」

「それは手回しがよい」

「長尾どの」

亀島は堀の手前で足をとめ、不思議そうな顔をした。

「さきほどから、小野寺を騙した男の素姓も、行き先すらもお聞きになられませぬな」

「聞かずともわかっておる。行き先は我善坊谷であろうが」

勘兵衛がにっと笑いかけると、亀島も笑いかえしてきた。

なぜか知らぬが、勘兵衛は若僧のように胸を躍らせている。

合戦場へおもむく猪武者にでもなったような気分だ。

よし、どうせなら一番手柄を立ててやろうなどと、勘兵衛はらしくないことをおもっていた。

八

日が暮れて半刻は経つ。

臭気のただよう我善坊谷は、薄闇に沈んでいた。

女衒の鵜吉が言ったとおり、芥溜めの奥に御堂はあったが、観音扉のむこうは真っ暗だ。人の気配もない。

「鳥追め、武家地を流して獲物でも物色しておるな」

かたわらの亀島が囁《ささや》いた。

囁く必要もないのだが、誰かに会話を聞かれているような気がしてならない。

何か得体の知れない者たちの妖気が、谷底に渦巻いているのだ。

「あの御堂、母娘が夜露をしのぐねぐらにしているのかもしれませんね」

こんどは、鯉四郎が囁いた。

捨六のすがたもなければ、捨六を狩ろうとする阿呆どもの影もみあたらない。

深閑としたなかに、芥を漁る鴉《からす》の羽音だけが聞こえてくる。

鯉四郎は、変わった得物を携えてきた。

鎖竜吒、十二尺の鎖に鉄鉤《てつかぎ》と鉄球を付けた武器で、逃げる相手の足首を狙って投擲《とうてき》する。倒すだけでなく、鉄鉤で腱《けん》を断つこともできれば、鉄球で打撃することもできる。

「わしに貸せ」

「どうぞ」

勘兵衛が手を伸ばすと、鯉四郎は薄く笑った。

まともに使いこなせまいとおもっているのだ。

鯉四郎は小野派一刀流の免許皆伝者なので、二尺七寸の刀を使う。

亀島の得物は一尺五寸余りの打払十手だった。

そして勘兵衛は、ごくありふれた銀流しの十手で闘う。

鎖竜吒は、ここぞというときにしか使うつもりはない。

さらに半刻が経過し、鳥追の母娘が月代侍《さかやきざむらい》をひとり連れてあらわれた。

提灯を揺らしているのは月代侍で、面灯りに映しだされた顔は小狡《こずる》そうな感じだ。

「莫迦め、女郎蜘蛛《じょろうぐも》の糸に掛かったな」

鯉四郎は勘兵衛の心情も知らずに、軽口を叩いた。

「お、あれは同心の羽鳥右京にござる」

亀島の指摘に、勘兵衛は舌打ちした。

「ふん、敵もやりおる」

つつもたせに応じるふりをし、捨六の裏を掻こうというのだろう。

三人の影が御堂へ近づいてきた。

母親の顔を拝むことができれば、たちどころに静かどうかは判明する。

見たい気持ちと見たくない気持ちがせめぎあい、心臓がばくばく音を起てはじめた。

勇気を振りしぼり、目を向けた。

暗さと一文字笠のせいで、顔はよく見えない。

ぎぎっと観音扉が開き、三人は御堂の内へ消えていった。

行燈《あんどん》に火が灯り、三弦の美しい音色が聞こえてくる。

艶っぽい唄声も三弦にかさなった。

唄っているのは、静かもしれない。

そうおもえば、心はさざなみだつ。

うっとり聞き惚れているところへ、大男の影があらわれた。

あまりに唐突だったので、勘兵衛は声をあげそうになった。

「捨六ですね」

亀島が臭い息を吹きかけてくる。

捨六は音もなく御堂へ忍びより、裏手の暗がりへ消えてゆく。

するとこんどは、火事装束に身を固めた大勢の人影が、三年坂の急斜面にあらわれた。

「糞どもめ、来やがったな」

鯉四郎が、ぺっと唾を吐いた。

いつになく、気持ちを高ぶらせているようだ。

村越伊織は陣笠に火事羽織、小野寺庄助は鎖鉢巻きの出役装束、毛臑《けずね》をさらした臥煙どもは腰に段平を差し、そればかりか、突棒《つくぼう》やら刺股《さすまた》やらの三ツ道具を担ぎ、半弓を携えた者までいる。

狙う相手が怪力の捨六とはいえ、あまりに仰々しい扮装《いでたち》だった。

勘兵衛たちは頷きあい、敵の動きを注視した。

おもったよりも臥煙の数は多い。多勢に無勢、しかも相手は喧嘩馴れした連中なので、こちらも慎重に構えねばならなかった。

村越が無言で手を振ると、臥煙どもは左右に散った。

提灯を翳すものはいない。闇に跫音《あしおと》だけが響いた。

御堂を囲み、徐々に輪を狭めてゆくつもりなのだ。

存外に秩序だった動きをする。

勘兵衛はおもわず、鯉四郎と顔を見合わせた。

難敵かもしれぬ。躍りだすのは今しばらく待ってからのほうがよさそうだ。

そのとき、御堂の行燈が揺れた。

「きゃっ」

女の短い悲鳴が聞こえ、突如、観音扉が内から蹴破られた。

「ぬおっ」

額から鮮血を流した捨六が、巨体をふらつかせながら飛びだしてくる。

「それ、獲物がいったぞ」

嬉々として叫んだのは、褌《ふんどし》一枚の羽鳥右京であった。

右手に握った小太刀の切先から、血が滴っている。

捨六の不意を突き、斬りかかったにちがいない。

全身を桜色に上気させた羽鳥の背後で、紅襦袢《べにじゅばん》の母と娘が抱きあって震えていた。

「ものども、掛かれい」

村越が腹の底から吼えあげ、臥煙どもを煽りたてた。

「うおおお」

ふたりが段平を抜きはなち、喊声《かんせい》とともに斬りかかった。

捨六は微動だにしない。

ひとりは肩でぶちかまされ、もうひとりは張り手一発で沈んだ。

「うぬっ、小癪《こしゃく》な」

村越が後方で歯軋《はぎし》りをする。

「囲め、囲め」

臥煙どもは三方から囲みにはいり、柄の長い三ツ道具を構えて躙《にじ》りよった。

「相手はひとり、丸腰じゃ、怖るるに足りぬぞ」

煽られたひとりが、斜め後方から突棒を差しだした。

捨六は先端で肩を小突かれつつも、逆しまに突棒を奪いとった。

これを軽々と振りまわすや、石突きで相手の顔げたを砕いてみせる。

「ほげっ」

臥煙がひとり、独楽《こま》のように回転しながら吹っとんだ。

ほかの連中は及び腰になり、肩で息をしはじめる。

「くわあああ」

捨六は両腕に力瘤《ちからこぶ》をつくり、天にむかって咆哮した。

いまや、血達磨《ちだるま》の野獣と化してしまったかのようだ。

「くそっ、小野寺、何とかせい」

「は」

村越に命じられ、小野寺庄助が白刃を抜いた。

「でかぶつ、覚悟せい」

一直線に駆けよせ、鋭い踏みこみから渾身《こんしん》の突きを繰りだす。

「ふえい」

咽喉《のど》を狙った白刃の切先が上に逸れ、捨六の左耳を殺《そ》いだ。

ちぎれた耳が頬の脇にぶらさがり、地べたに血溜まりができた。

捨六は痛がりもしない。

丸太のような腕を伸ばし、小野寺の襟首をつかんだ。

「ぬおっ」

右手一本で大人ひとりを軽々ともちあげ、太い首を捻って臥煙どもを睨《ね》めまわす。

「うわっ、放せ、放せ」

小野寺は天敵に捕獲された虫のように、手足をじたばたさせた。

血達磨の鬼に睨まれた臥煙どもは、一歩も動けない。

と、そこへ、羽鳥が陣風のごとく迫った。

捨六の背後から、腰を狙って斬りつける。

「すりゃ」

「ぐおっ」

捨六は分厚い肉を浅く斬られ、その拍子に小野寺を抛りなげた。

と同時に、真横から突きだされた刺股が、野太い首に引っかかった。

反対側からも刺股が突きだされ、こちらも首に掛かった。

脇の下や胸にも、つぎつぎに刺股が襲いかかる。

「それ」

臥煙どもが一斉に長柄をもちあげると、四十貫を超える捨六の巨体が宙に浮いた。

「ひゃはは、そこだ。搦《から》めとれ、膾《なます》斬《ぎ》りにしてもよいぞ」

村越は陣笠をはぐりとり、手を叩いて喜んだ。

頃合いやよし、もはや、機は熟した。

芥溜めの狭間から、三つの影が躍りでた。

「うへっ、何やつじゃ」

仰天する村越の脳天に、亀島廉平の長尺十手が叩きこまれた。

月代がぱっくり割れ、しゅうっと血が噴いた。

命に別状はない。亀島はそのあたりの加減を知っている。

一方、鯉四郎は臥煙の輪に躍りこみ、三人をまたたくまに昏倒させた。

いずれも首の付け根を狙い、水平斬りで峰打ちを食らわせたのだ。

のこった連中は呆気にとられ、石地蔵と化している。

「去れ、さもなくば縄を打つぞ」

鯉四郎が一喝するや、臥煙どもは蜘蛛の子を散らすように逃げだした。

小野寺庄助も村越と同様に縄を打たれ、地べたに這いつくばっている。

捨六は双眸を瞠《みは》り、彫像のように佇んだままだ。

御堂のほうから、疳高《かんだか》い声が発せられた。

「そこまでだ、不浄役人ども」

羽鳥右京が、褌一枚で白刃を握りしめている。

白刃の先端は、若い娘の咽喉にあてがわれていた。

鳥追の娘のほうだ。母親のすがたはない。御堂の奥にそれらしき影はあったが、死んでいるのか生きているのかもわからない。

娘は蒼褪《あおざ》めた顔で、唇もとを震わせている。

「村越さまの縄を解け。さもないと娘を突き殺すぞ」

「ぬぬっ」

捨六が眸子を血走らせ、一歩近づいた。

「来るな、でかぶつ。娘が死んでもよいのか」

巨体の足が止まった。やはり、鳥追の娘は捨六の娘なのだ。

「ふん、娘にからだは売らせても、死なせたくはないらしいな。ほれ、おぬしも手伝え、小野寺の縄も解いてやれ」

そのとき、あらぬ方角から怒声が轟《とどろ》いた。

「腐れ同心め、こっちをみろ」

勘兵衛である。

びゅんと右腕を振るや、長尺の鎖が蛇のように伸びた。

羽鳥の首に鎖が巻きつき、竜吒の鋭い爪が顔に突き刺さる。

「ぬはっ」

羽鳥は刀を取りおとし、顔を押さえてうずくまった。

「捨六」

勘兵衛が叫ぶと、四十貫の巨体が素早く動いた。

娘を片手ですくいあげ、御堂へ駆けこんでゆく。

「おふじ、おふじ……生きておるのか、おふじ」

闇にむかって、捨六が吼えた。

母親の名は、おふじというのか。

勘兵衛は眉ひとつ動かさず、ゆっくり近づいた。

行燈が灯り、御堂の隅を照らしだす。

縞の着物を肩に掛けた女が膝をくずし、ぐったりした様子で項垂《うなだ》れていた。

「おっかさん」

娘が泣きながら、抱きついてゆく。

「す……すまねえ、すまねえ」

捨六は床にくずおれ、祈るように謝りつづけた。

勘兵衛は破れた観音扉をまたぎ、御堂へ足を踏みいれた。

項垂れた女が顔をあげ、挑むような眼差しを投げかけてくる。

「静」

おもわず、勘兵衛の口から洩れた名を、誰も聞きとることはできなかった。

気を取りなおして、もういちど目を向けてみる。

静ではない。目のまえに座っているのは、見たこともない窶《やつ》れはてた女だった。

「旦那、おいらたちは……ど、どうなるので」

捨六が、おどおどしながら尋ねてくる。

勘兵衛は応じる気力も失せていた。

全身から力が抜け、魂まで抜けてしまったかのようだ。

「旦那」

もういちど呼びかけられ、勘兵衛は面倒臭そうに応じた。

「おめえらがどうやって生きていこうが、おれにゃ関わりのねえこった」

「つつもたせは御法度《ごはっと》じゃ」

「ああ、そうだ。つぎにみつけたときゃ、ただじゃおかねえ。捨六、おめえを土壇へおくってやるぜ」

「なぜです」

なぜ、見逃すのかと、捨六は必死になって質してくる。

「知りてえのか」

「へい」

「だったら、教えてやらあ。おれはな、神室山の取り口が好きだった」

「え」

「真正面からぶちかまし、上手を引いて豪快に投げとばす……神室山は大関になるとまで言われた相撲取りだ、おれはやつの取り口が好きでたまらなかった……ただ、それだけのことさ」

捨六は頭を垂れ、肩を震わせた。

「お、何だありゃ」

肉の盛りあがった捨六の肩越しに妙なものをみつけ、勘兵衛は目を釘付けにされた。

なんと御堂の片隅に、七尺の吹きながしをはいた白い纏が立てかけてある。

「籠目八ツ花じゃねえか」

まぎれもない、それはめ組の纏であった。

九

追いもとめていた鳥追の母親は、静ではなかった。

付木店の左源太は、おもいちがいをしていたのかもしれない。不浄役人が新妻に逃げられたはなしは、二十年前当時、市井《しせい》ではかなりの噂にのぼっていた。いつしかその噂が捨六のはなしとごちゃ混ぜになってしまったのだろう。が、いまさら、どうでもよいことだ。

勘兵衛は泥のように眠り、午《ひる》になってようやく目を醒ました。

縁側の日だまりでは、仁徳と綾乃が彼岸の牡丹餅《ぼたもち》を頬張っている。

「あら、父上、お目覚めですか」

「美味そうなものを食うておるではないか」

「ご近所のお裾分けですよ、父上もご相伴《しょうばん》に」

「あたりまえだ」

「ずいぶん、ご機嫌がおよろしいようで」

綾乃はいたずらっぽく笑い、奥へ引っこんだ。

仁徳が茶をふくんで口を漱《すす》ぎ、ごくんと呑みこむ。

「ふうっ、餅がのどに詰まるところじゃった」

「がめつく頬張るからですよ」

「おぬし、昨夜のことは知るまい。餅をのどに詰まらせた爺さまが担ぎこまれてきよってな、大騒ぎだったわ」

「さようでしたか。亡くなられた養母《はは》上《うえ》はよく、餅をのどに詰まらせたら、鼻の穴に酢を注げと言うておられました」

「迷信にきまっておろうが。歯痛のときは艾《もぐさ》のしぼり汁を耳から注げだの、河豚《ふぐ》毒《どく》に当たったら馬の糞を食えだの、長生きするやつはろくなことを教えぬ。担ぎこまれた爺さまはな、餅と入れ歯をいっしょに呑みこんじまったのよ。ま、事なきを得たがの、餅をみくびったら痛い目に遭うぞ」

「それが教訓ですか」

「別に、教訓なぞ垂れるつもりはないわい。ところで、め組の纏を取りもどしてやったそうだの」

「鯉四郎が喋ったのですね」

「あの若僧、おぬしのことを自慢しておったぞ。鎖竜吒をあつかわせたら、おぬしの右に出る者はおらぬとな」

「それはそうでしょう」

「自慢こきめ。で、纏を盗んだのは誰だ」

「あれ、お訊きになったのでは」

「若僧に根掘り葉掘り訊くのも、何やら大人げない」

「纏を盗んだのは、め組の纏持ちだった男ですよ」

「龍二か」

「ご存じで」

「名だけはな」

　女衒の鵜吉が邪推したとおり、め組の喧嘩があった日の夕刻、龍二は芝伝宅へ忍び、纏を盗んだ。あらかじめ、鳥追の母娘には家人の気を逸らすための助っ人を請い、金まで払っていたらしい。それというのも、龍二は母娘と面識があった。

「面識どころか、羽前から母娘を連れてきたのは龍二でした」

「どういうことだ」

　龍二は火傷を負って纏持ちを辞め、酒に溺れた。世話になった芝伝を逆恨みし、毎晩、居酒屋で暴れまわった。そしてあるとき、ごろつきどもと諍《いさか》いになり、匕首《あいくち》で斬られるところを、捨六に助けられた。

「龍二は捨六に恩義を感じた。だから、羽前に捨ててきた女房と娘を捜しだし、江戸へ連れてきてはくれまいかと頼まれたとき、冗談とは受けとらなかった。かならずや女房と娘を捜しだし、再会させてやると、捨六に約束したのだそうです」

「見事、約束を果たしてみせたわけか、さすがはめ組の纏持ち。しかし、それだけ骨のある男がなんでまた、纏なんぞを盗んだのであろうな」

「燃えさかる大屋根のうえで、もういちど、あの纏をまわしてみたかったのだそうです。かといって、赤猫をやるわけにもいかぬ。それで、捨六に頼んで御堂に隠しおき、火事が勃こるのをじっと待っていた」

「虚しいはなしだな。芝伝は龍二をどうする気だ」

「赦してやるそうですよ。纏をまわしてえばっかりに盗んだのなら、火消しの気概が少しは残っている証拠《あかし》だろうと、粋なことを言っていましたよ」

「だったら、ついでに、まわさせてやりゃあいいのに」

「火事になれば、芝伝はきっとそうしますよ」

「ふふ、火事はいつ勃こるともかぎらねえ。いくらその気があっても、不浄役人のめえで口にゃできねえわな」

「ま、そういうことです」

「定火消しの阿呆どもはどうなる」

「身柄は御目付に引きわたされます。村越以下の三名は斬首でしょうな」

「表向きは病死、そういうことか」

「おそらくは」

「亀島廉平とか申す同心、男をあげたな」

「上役の与力どのに睨まれ、今ごろは針の筵《むしろ》でしょう。されど、じつに晴れやかな顔をしておりました」

「十手持ちは、そうでなくてはならぬ。ふにゃふにゃした蒟蒻《こんにゃく》みてえな十手持ちが多すぎらあ、骨のある野郎がひとりやふたりはあってもよかろう」

「ひとりやふたりでは困ります」

「そういえば、元相撲取りと鳥追はどうした」

「旅立ちました。奥州路を北へむかい、見も知らぬ土地に住み、三人で静かに暮らすそうです」

「ふうん、あの神室山がなあ」

「やはり、ご存じでしたか」

「相撲好きなら忘れられぬ名よ。なにせ、雷電を投げとばした男だ」

「ふふ、そうですな」

ふたりは、何やら意気投合した。

「綾乃は遅いのう」

「餅でも搗《つ》きにいったのでしょう」

「なれば、ひとつ意見してやる」

仁徳は身を乗りだし、声をひそめた。

「綾乃は悲しげな顔で、わしに教えてくれた。おぬしは一晩中《よっぴて》、魘《うな》されておったそうだ。静、静と、女房の名を未練がましく口走りながらな」

「まさか」

「あきらめろ、もうこれ以上、自分を捨てた女房の影を追っても仕方ねえだろう。浮瀬《うかむせ》のおふうあたりと、早いとこいっしょになっちめえな」

勘兵衛は応じもせず、庭に目を逸らした。

そこへ、綾乃が牡丹餅を携えて戻ってきた。

「父上、おまちどおさま」

「おう」

勘兵衛は、牡丹餅をまるごと口に突っこんだ。

その途端、のどに詰まらせ、目を白黒させる。

「綾乃、酢をもってこい」

仁徳の嬉々として弾んだ声が、耳に飛びこんできた。

鼻の穴に酢を注がれるくらいなら、死んだほうがましだ。

江戸の寒さは薄らぎ、室町の十間店には雛市《ひないち》が立ちはじめた。

こがね汁

一

弥生《やよい》清明《せいめい》、十日夜《とおかんや》。

彼岸桜は散り、枝垂れと一重も盛りを過ぎ、八重桜が大振りの花を咲かせはじめた。

霞《かすみ》たなびく宵、勘兵衛は小舟を仕立て、溜池まで夜釣りにやってきた。

釣り糸を垂れても魚はなかなか食いつかず、連れの仁徳は自棄酒《やけざけ》を喰《くら》って眠りに就いた。

「やれやれ、これでは誘うた甲斐がない」

勘兵衛は愚痴を洩らし、鏡のような水面に目を凝《こ》らす。

満ちゆく月が波紋に揺れ、釣り糸が静かに水上を滑る。

産卵のために浅瀬へ移動する「乗っこみ鮒《ぶな》」を狙っていたが、釣れてもどうせ野鯉あたりだろう。

ともあれ、自慢の継ぎ竿が撓《しな》る感触を一刻も早く味わいたい。

仁徳は艫《とも》に寝そべり、くうくう鼾《いびき》を掻《か》きはじめた。

「果報は寝て待てか。酔いどれ医者め、いい気なもんだ」

仁徳の鼾と船頭が櫓《ろ》を漕ぐ音以外、聞こえてくる音もない。

やがて、すべての音は消え、夜の静寂に意識が吸いこまれてゆく。

勘兵衛も釣り竿を握ったまま、こっくりこっくりとやりはじめた。

小舟は虎ノ門寄りの穴場にむかって、ゆったり漕ぎすすんでいった。

すると、涼やかな風に乗せて、強烈な糞尿の臭いがただよってきた。

「おえっ、船頭、この臭いは何だ」

「へぎり舟ですわ」

「へぎり舟」

「御大名屋敷の糞をはこびやす」

「どれ」

霞のせいで舟影はみえない。艫灯りだけが微《かす》かに点滅している。

「一艘だけじゃありやせんよ。肥樽を三つほど積んだ細長え舟が何艘も行き来しておりまさあ」

対岸の山王社裏から赤坂門にむかって、岡部《おかべ》、土井《どい》、松平《まつだいら》などの大名屋敷がならんでいる。虎ノ門のすぐ外にも、縁日に「金比羅《こんぴら》さま」を公開することで有名な四国丸亀藩（京極《きょうごく》家五万石）の上屋敷があった。

「大川を横切って小名木川から行徳へむかう舟もあれば、鐘《かね》ヶ淵《ふち》にある黄金河岸《こがねがし》とのあいだを往復する舟もありやす」

「ふうん、黄金河岸なあ」

鐘ヶ淵は隅田《すみだ》川と荒川《あらかわ》と綾瀬《あやせ》川が交錯する三叉、そこに下肥《しもごえ》を専門に陸揚げする河岸があることは知られている。人糞は米の生産に欠かせない基肥《もとごえ》になるので、江戸近郊の百姓たちが争って買いもとめた。たとえば、裏長屋の相場は住人三十人ぶんで年二両、この金は百姓から大家に支払われる。

一方、大名家のものは「勤番」と称し、良質な下肥とみなされた。

「なにせ、貧乏長屋の連中とは食いもんがちがいまさ」

船頭の申すとおり、食い物のちがいで下肥の値打ちも変わる。「勤番」につづき、役所勤めの幕臣連中が捻《ひね》りだす「辻肥」が良いとされ、町屋の「町肥」が三番目、敬遠されるのは「たれこみ」と呼ばれる尿が多くまじったものだ。

江戸は上方と異なり、尿を下肥として重視しない。ことに裏長屋の連中は尿を溜めずに下水へ垂れ流すので、寒い夜に露地裏を歩めばそこかしこで湯気が立ちのぼっている。いずれにしろ、大名屋敷で溜められた「勤番」は量もたっぷりあるだけに、百姓たちにとっては垂涎《すいぜん》の下肥にほかならなかった。しかも「勤番」の値打ちは一律ではない。石高や参勤交代の有無などで細かく区分され、取引市場まであり、まとめ買いを狙う業者らによって競りがおこなわれていた。

文字どおり、人糞は金になる。

ゆえに「黄金河岸」などという名称も付く。

仁徳がむっくり起きた。

「うぽっぽ、退散せぬか。どうせ今宵も坊主にきまっとる」

釣り糸を垂れて半刻足らず、あきらめるのはまだ早い。

「急《せ》いては事を仕損じる。釣りとは気長にやるものです」

「ふん、坊主めが太公望を気取りやがって」

突如、花散らしの風巻《しまき》が吹いた。

衣を脱ぐように霞が晴れ、桜の花弁がはらはらと舞いおちてくる。

月影に照らされた水面のうえを、一艘のへぎり舟が彷徨《うろつ》いていた。

「あの舟、船頭がおらんな」

仁徳は目を擦《こす》った。

へぎり舟は風に押され、こちらに舳先《へさき》をむけた。

「ん」

異様な光景が、勘兵衛の目に飛びこんできた。

肥樽のひとつから、妙なものがにょっきり突きだしている。

「うぽっぽ、あれは何じゃ」

「目の錯覚でなければ、人の両脚ですな」

「まことじゃ、毛臑《けずね》がみえる。寄せてみろ」

仁徳に命令され、船頭はぎょっとした。

寄せるまでもなく、舟は勝手に近づいてくる。

おもわず、勘兵衛は鼻を摘んだ。

半端な臭さではない、目に沁《し》みる。

「ご隠居さま、堪忍しておくんなせえ」

懸命に拝む船頭を尻目に、仁徳は棹《さお》を拾って糞舟を手繰りよせた。

艫と舳先を縄で結び、近くの岸辺まで引かせていく。

馬場に面した岸辺へ、船頭は苦労して漕ぎよせた。

勘兵衛は水玉の手拭いで、鼻と口を覆っている。

何やら、惨めな気分だ。

仁徳は鼻でもおかしいのか、平気な顔をしている。

「どう考えても、あやまって樽に落ちたとはおもえぬな」

「はあ」

何者かに殺され、逆しまに押しこめられたにちがいない。

死後に硬直した両脚が、ぽんと上蓋を蹴ったのだ。

「うぽっぽ、ほとけを樽から出して洗ってやれ」

「へ」

「へではない。不浄役人なら、糞ごときで尻込みいたすな。ほれ、船頭も手伝え」

尻を叩かれたふたりは、岸辺に横付けされたへぎり舟に乗りこんだ。そして舳先寄りの肥樽に歩みより、左右から「へっこらしょっ」と担ぎあげるや、岸辺の草叢《くさむら》めがけて抛《ほう》りなげた。

樽が横倒しになった途端、大量の糞が飛びちり、泥人形のようなほとけがごろっと転がりでてきた。

勘兵衛は魚籠《びく》で川の水を汲み、ほとけに浴びせかけてやった。

何度も往復して糞を洗いながすと、仁徳がおもむろに検屍をはじめた。

「どれどれ、ふうむ、刃物で左胸をひと突きか。ほかに金瘡《きんそう》はなさそうじゃな」

「そのようですな」

「金瘡は深い。背中まで貫いておるぞ」

「ほう、肋骨《ろっこつ》を巧みに避けたのは偶然か」

「偶然でなければ、かなりの手《て》練《だ》れじゃ。ほれ」

刃先が肋骨にたいして水平で、内向きに刺しこまれていた。

殺しに馴れた者でなければ、こうした刃の立て方はできまい。

「それにしても、この傷痕は」

「ふむ、片刃じゃな、刀ではないぞ」

男は至近から胸をひと突きにされ、即死した。

中背でやや痩《や》せ形《がた》、年はおそらく五十を超えていよう。

ざんばら髪なので髷《まげ》からは判断できないが、武士ではない。町人である。

糞に染まった着物は絹織りの高価な品で、小金を蓄えていそうな感じだ。

「あっ」

船頭が驚きの声を発した。

「どうした、知った顔か」

「へ、へい、鈴木屋《すずきや》のご亭主《ていし》にまちげえねえ」

「鈴木屋とは」

「汐留《しおどめ》にある船宿でさあ」

なるほど、船頭が顔を知っていてもおかしくはない。

鈴木屋の亭主は亀蔵《かめぞう》といい、女房の尻に敷かれた気の小さい男だという。

勘兵衛は意を決し、糞まみれのふところを探ってみた。

扮装《いでたち》はよそ行きにもかかわらず、財布や煙草入れのたぐいはみつからない。

「辻強盗の仕業でやすか」

船頭が怖ず怖ず聞いてくる。

「かもな」

勘兵衛は横をむき、仁徳と目配せした。

おそらく、そうではあるまい。辻強盗ならば屍骸をその場に置き捨てたはず、わざわざ逆さにして肥樽に抛りこむ必要はなかった。

下手人は、最初から命を奪うことが目的だった。

が、なぜ、屍骸を肥樽に抛りこまねばならなかったのか。

「恨みかのう」

と、仁徳がこぼす。

恨みとすれば、よほどの恨みだったにちがいない。

糞まみれの屍骸をみつめ、勘兵衛はそうおもった。

二

船宿の亭主殺しの噂は、さざなみのように市中へ広がった。

「旦那、何だかまだ臭いますよ」

「ほんとか、銀次」

「へへ、冗談ですよ。旦那が溜池に行かれたな一昨日のはなしだ」

「その晩、おぬしを呼びつけたときは、たしかに鼻が曲がりそうだったな」

「お嬢さまは口も利かず、ご友人のお宅へ逃げておしまいに」

「いまだに帰ってこぬわ」

「うへへ、さようですか」

「笑い事ではないぞ。飯をつくらねばならぬし、掃除に洗濯もせねばならぬ」

「料理はお手のもんじゃござんせんか。そこいらの板前より、旦那のほうがよっぽど手際が良い」

「ふふ、そうかい」

「今時分の旬《しゅん》といやあ、多摩の若鮎」

銀次は満面笑みとなり、背中に隠した笊《ざる》を取りだしてみせる。

笊のうえには、見事な色艶《いろつや》の若鮎が数尾載っていた。

「ほほう、何よりの土産だぞ」

「御城の御膳所へ納められるはずの代物を、棒手振《ぼてふ》りの新太《しんた》が掠《かす》めとりやしてね」

「そいつを、すっぽんの銀次が掠めとったのか」

「いけやせんか」

「でかした」

「塩焼きで一杯ってのはいかがざんしょ」

「のぞむところ」

勘兵衛は襷《たすき》掛《が》けになり、手際よく鮎の串刺しをつくった。

銀次はその隙を利用し、庭の一角に石を積みあげ、囲炉裏を築く。

鮎は粗塩を振り、強火で燻《いぶ》すように焼かねば美味くない。

囲炉裏に炭がはいった。

周囲に鮎の串を刺し、香ばしい煙を肴《さかな》に冷や酒を嘗《な》める。

庭に一本だけ植えられた彼岸桜は葉桜になってしまったが、垣根の満天星《どうだん》はもうすぐ新緑に彩られる。

「ほれ」

「へ、こりゃどうも」

恐縮する銀次の盃に、勘兵衛は酒を注いでやった。

「ところで、調べのほうはどうだ」

「それがおんなじ十日夜、片刃の得物で左胸を刺されて死んだ男が、亀蔵のほかにもおりやしてね」

「ほう」

「京極さまんところの江戸詰めで、副島安之進《そえじまやすのしん》というお侍でやす」

おなじ京極家でもこちらは丸亀藩ではなく、多度津藩（一万石）の藩士だった。亡骸《なきがら》がみつかったのは同藩上屋敷のある麻布鳥居坂、無惨にも、ほとけは首を切断されていたという。

「首を」

「へい」

致命傷はあくまでも胸の刺し傷で、検屍によれば首は死後に切断されていた。

「しかも、生首だけが立木の幹に打ちつけられておりやした。こうして、髷んところを五寸釘でね。きっと、恨みのあった者の仕業にちげえねえ」

「ほとけをみつけたのは」

「辻番の親爺で。時刻は亥の四つ半ごろ。じつはこの親爺、五寸釘を打っていた野郎の顔を遠目からみたっていうんでさあ」

「まことか」

「へい、なんとそいつは長太い鼻の真っ赤な顔の野郎で、頬に白髭《しらひげ》をたくわえていやがった」

「化け物か」

「よくよく訊いてみると、天狗でやした」

「天狗」

「たぶん、髭天狗の狂言面をかぶった野郎でしょう」

「髭天狗なあ。天狗はたしか、金比羅権現のつかわしめであったな」

「おっと、そいつにゃ気づかなかった。旦那が糞だらけのほとけに出くわした場所は、金比羅さんの近くでやしたね」

「ふむ、調べてみると、虎ノ門のそばで肥汲みをしていたへぎり舟が一艘、何者かに盗まれておった。京極、相楽《さがら》、木下《きのした》といった御大名衆の下肥をはこぶ舟だ」

「京極なら丸亀、丸亀の支藩は多度津、どっちも金比羅さんとは切っても切れねえ関わりにある。しかも、ふたりが殺《や》られたな十日夜、金比羅さんの縁日があった日じゃねえか」

　金比羅本社は四国高松藩の領内にあるが、江戸の御社は丸亀藩上屋敷の敷地内へ分社された。町人たちに開放される毎月十日の縁日には、商売繁盛を願う人々で大いに賑《にぎ》わう。

「ひょっとすると、ふたりは金比羅さんに恨まれていたんじゃ」

「ふっ、そうかもな」

　下手人が天狗面をかぶっていたのは、金比羅権現の使いであることを印象づける狙いからであろう。下手人は得体の知れぬ恐怖を煽《あお》りたて、捕り方を攪乱《かくらん》する腹なのだ。

　何やら挑発されているような気がして、勘兵衛は腹が立った。

「副島っていうお侍は婿養子でしてね、あんまり目立たねえ感じのおひとだったとか」

「婿養子か」

「へい、藩内じゃけっこう由緒ある家柄らしいんですが、なにせ仕切っていたのは奥方のほうで」

「似ておるな」

「え」

「亀蔵も女房の尻に敷かれておった。ふたりとも他人様の恨みを買うような性分でもなさそうだ」

「調べてみりゃきっと裏がありやすぜ。金比羅さんの怒りに触れるようなことをしでかしたにちげえねえ」

　鮎が焼けた。

勘兵衛は庭下駄を履き、囲炉裏へ歩みよった。

銀次がこんがり焼けた串をひとつ拾いあげる。

「ご覧なせえ、脂が乗って美味そうだ」

「さっそく相伴にあずかるか」

「なにせ、公方様のお口にはいっていたかもしれねえお品だ」

「ふむ、ありがたや、ありがたや」

　拝みながら鮎の串を抜き、脂の乗り具合を目で楽しむ。

と、そこへ、怒声が転がりこんだ。

「こら、何をしておる」

仁徳である。

美味いものを食おうとすると、いつもかならず顔を出す。

「向こう三軒両隣まで煙に巻かれておるぞ。それは鮎の塩焼きだな、もしかして多摩の若鮎か」

「は、まあ」

「旬ではないか。なぜ、わしを呼ばぬ」

「今、銀次を呼びにやるところでした」

「調子の良いことを抜かすな。わしを除け者にする気でおったな」

「めっそうもない」

「まあよい。銀次、わしのぶんを寄こせ」

「へ」

銀次は素直にしたがい、盃も新たに用意した。

仁徳は立ったままで串に噛《か》みつき、瞬くまに鮎を骨だけにしてみせた。

「美味えじゃねえか、もう一本寄こせ」

勘兵衛は健啖《けんたん》家《か》の酔いどれ医者を、はらはらしながら眺めつづけた。

串が一本捨てられるたびに、自分の食いぶんは確実に減るのだ。

仁徳は縁側に腰をおろし、銀次に注がせて冷や酒を呷《あお》った。

「ぷふうっ、昼間の酒は臓物に沁みる。このうえなき贅沢というものよ、のう銀次」

「はい」

「これで隣に辰巳《たつみ》芸者でも侍っていようものなら、言うことはあるまい」

「そりゃもう、極楽にいるようなもんでさあ」

「だったら、女房に隠れて妾《めかけ》でも囲ってみよ」

「またあ、その気になるからやめてくだせえ」

「うほっ、その気になるのか」

「男ってのはどうにも始末に負えねえ生き物のようで。金と暇さえありゃあね、あっしだって、深川は島田町あたりにある黒板塀の御屋敷にでも妾を囲いてえもんでさあ。それが男の甲斐性ってもんで」

「そっくりそのまま、おしまに言いつけておこう」

「またあ、煽ったな先生じゃねえか」

「ふふ、やっぱし女房が怖えのか」

仁徳はひとしきり銀次とじゃれあい、よっと腰をあげた。

囲炉裏端に目を落とせば、鮎の残骸が置き捨てられている。

「まるで、猫がしゃぶったみてえだな」

銀次はひとりごち、しきりに感心してみせる。

勘兵衛は、不機嫌な顔で残骸を睨《にら》みつけた。

とどのつまり、一尾しか食えなかったのだ。

三

――金比羅さんの祟《たた》りだ、祟りだ。

巷間《こうかん》には瓦版《かわらばん》が飛びかい、人々の不安を煽りたてている。

三日経ち、十日夜に殺された人物はもうひとりいることが判明した。

三人目は庵崎《いおさき》の名主で川上《かわかみ》儀介《ぎすけ》。苗字帯刀を許された小金持ちだが、地元では吝嗇家《りんしょくか》で知られた人物らしい。

庵崎は梅若伝説で有名な木母寺《もくぼじ》の北にあり、鐘ヶ淵とも隣接している。

勘兵衛は末吉鯉四郎をともない、小舟で隅田川を遡上《そじょう》した。

早朝から空は薄曇り、川面には小雨がぱらついている。

「涙雨か」

勘兵衛はひとりごち、恨めしげに天を仰いだ。

弥生十五日は梅若の忌日、公家の童子は京で人買いに攫《さら》われて陸奥《むつ》へおもむく途上、隅田河畔で病死した。薄幸な童子を悼《いた》み、木母寺では大念仏供養が挙行される。梅若の忌日には毎年、天も涙するかのごとく小雨を降らせた。

「鯉四郎、どうにも腹が減って仕方ない。木母寺の境内には八頭《やつがしら》と蜆汁《しじみじる》を食わせる料理茶屋があってな」

「植半《うえはん》でござりますな」

「存じておったか」

「はい、札差しの接待で相伴にあずかったことが」

「生意気なやつめ」

小舟は霧のように降る雨のなかを、上流にむかって遡上しつづけた。

銀次によれば、儀介も片刃の凶器で左胸を突かれたらしい。死んだあとに手足をもぎとられ、首と胴だけが鐘ヶ淵の「黄金河岸」に捨てさられていたのだ。

船宿の亭主と繋《つな》がりがあるとすれば、今のところは糞だけである。

「長尾さま、どうにも臭い一件ですな」

「臭すぎて誰もやりたがらぬ。おぬしも嫌なら帰ってよいぞ」

「とんでもありません」

「痩せ我慢をいたすな。おぬしはわしとちがって若い。糞の臭いをぷんぷんさせておったら嫁の来手がのうなるぞ」

　鯉四郎は返事もせず、むっつり押し黙った。

おもしろくないらしい。綾乃にたいして、ほのかな恋情を抱いているのだ。

勘兵衛も勘づいており、鯉四郎を綾乃に逢わせまいと、いつも腐心していた。

がむしゃらなだけが取り柄の若僧に、だいじな娘をくれてやるわけにはいかぬ。

　自分でも滑稽なほど、そこだけは意固地になってしまうのだ。

「それにしても不可解な一件ですな。船宿の亭主に江戸詰めの藩士、それから庵崎の名主と、身分のてんでばらばらな三人に、いったいどのような繋がりがあったのか」

「そいつを調べるのが、おぬしの役目ではないか」

「は」

　儀介が吝嗇家であるという点に、勘兵衛は何か引っかかるものを感じていた。

　やがて、小舟は鐘ヶ淵の河岸へ滑りこんでいった。

「おえっ、強烈な臭いですな」

「ほんとだ」

河岸にむかうのは、ほとんどがへぎり舟である。

さすがに「黄金河岸」と称される下肥の荷揚げ地だけあって、岸辺には巨大な肥樽がいくつもならんでいた。肥汲みと肥運びを生業にする者たちがひしめき、河岸は一種異様な活気につつまれている。

「旦那、うぽっぽの旦那」

肥樽の狭間《はざま》から、銀次が必死に手を振った。

下っ引きの三平も、鼻を摘んで隣に佇《たたず》んでいる。

ふたりは昨夜から、庵崎と鐘ヶ淵一帯の聞きこみをおこなっていた。

勘兵衛と鯉四郎は名主の遺骸がみつかった場所を検分し、急ぎ足で河岸から逃れた。

庵崎は水戸道を挟んで隅田村と隣接し、川を渡って北には菖蒲園《しょうぶえん》で有名な堀切村が拡がっている。隅田川と荒川と綾瀬川が落ちあう三又は、釣りの穴場でもあった。八丁堀から舟ならばさほどの距離でもないので、勘兵衛は暖かくなると気晴らしによく訪れる。

「旦那方に会ってもらいてえ者がおりやす」

銀次はさきに立ち、田圃《たんぼ》の畦道《あぜみち》をすすんだ。

田螺《たにし》が泥の表面を這《は》いながら、田螺の道をつくっている。

畝々とつづく一本道のむこうに、藁葺《わらぶ》きの大屋根がみえた。

白木蓮が梢いっぱいに花を咲かせ、香気を振りまいている。

ぐるりと石垣で囲まれた屋敷は、一見して名主のものとわかった。

「逢ってほしいのは、殺された名主の女房でして」

四十過ぎの大年増で、名はおかつというらしい。

「岡っ引きのあっしじゃはなしにならねえ。黒羽織のお役人を連れてきたら知っていることを喋《しゃべ》ると抜かしやがる」

「怪しからんな」

と、鯉四郎が吐きすてた。

すかさず、銀次が切りかえす。

「鯉四郎さまは高飛車な女がお嫌いで」

「ああ、嫌いだ」

「だったら、会うのをお控えいただいたほうが」

「なんだと」

「殺された儀介は入り婿で、女房にあたまがあがらなかった。おかつは小せえころから蝶よ花よと育てられた我《わ》儘《まま》女、つまらねえことで臍《へそ》を曲げる女なんですよ。でも、きっと何か知っているにちげえねえんだ」

「ふん、また岡っ引きの勘というやつか」

鯉四郎が小莫迦《こばか》にした態度をみせた途端、勘兵衛の雷が落ちた。

「この木偶《でく》の坊《ぼう》め、すっこんでろ」

破鐘《われがね》のような声で怒鳴りあげ、何事もなかったように背をむける。

鯉四郎は一歩も動けず、両方の拳を握って佇むしかない。

「さ、行きやしょう」

銀次にそっと背中を押され、鯉四郎は涙目で歩みだす。

「す……すまぬ」

「なあに、いいんですよ。鯉四郎さまは泣く子も黙る定廻りだ、どんと構えていなせえ。そうすりゃ何年か経って、きっとあのお方のようになりまさあ」

勘兵衛は小柄な男だが、遠ざかるその背中は磐《いわ》のように大きくみえた。

名主の屋敷は雨中に暗く沈み、表口には「忌中」の紙が貼ってあった。

表玄関を避けて中の口へまわり、使用人に用件を告げると、片化粧に喪服姿のおかつ本人があらわれ、板の間に三つ指をついた。

「お役目ご苦労さまに存じます。何分忌中ゆえ、おもてなしもできません」

「線香の一本もあげさせてもらおうか」

「ありがとう存じます」

「大人数で済まぬな」

大小を抜きとって上がり框《かまち》へ踏みこむと、おかつは先に立って長い廊下をすすんだ。

鯉四郎たちが、金魚の糞のようにつづいた。

中庭をのぞむ抹香臭《まっこうくさ》い仏間へ通され、ひととおり焼香が済むと隣部屋に移った。

しばらくすると、銀杏返《いちょうがえ》しの娘らしき童女が熱い茶をはこんできた。

「おいでなされませ」

童女は健気《けなげ》にも丁寧に挨拶《あいさつ》し、襖《ふすま》を静かに閉めて居なくなった。

庵崎では名のある旧家だけあり、家人の躾《しつけ》が行きとどいている。

勝ち気な女房の印象が強すぎたせいか、意外な感じもした。

ともあれ、家の主人《あるじ》が亡くなった以上、おかつ以外に応対できる者はいない。

勘兵衛は単刀直入に糺《ただ》した。

「さっそくですまぬが、下手人に心当たりはあるまいか」

「ござります」

「ほ、さようか」

あっさり告白されたので、勘兵衛は拍子抜けしそうになった。

「されば、聞こうか」

「はい、儀介はわたしに内緒で、女を囲っておりました。けち臭く小金を貯めこみ、芸者あがりの三十路女に貢いでいたのでござります」

「女の名は」

「おみの」

権兵衛名は「みの吉《きち》」といい、むかしは深川で名を馳せた芸妓だったらしい。

おかつは格天井《ごうてんじょう》を睨みつけ、虚ろな表情を一変させた。

まるで般若《はんにゃ》だなと、勘兵衛はおもった。

口惜しげに歯軋《はぎし》りをしながら、神憑《かみがか》りになった巫女《みこ》のように低い声で喋るのだ。

「怪しいと感じたわたしはあるとき、儀介のあとを跟《つ》けたのでござります。あの男は小舟をしたて、神田川を牛込御門まで漕ぎすすみ、陸へあがって神楽坂を登り、ふっと横丁に消えました」

艶っぽい雰囲気のただよう一隅に、一軒のしもた屋が建っていた。

舟板塀に江《え》市《いち》屋《や》格子《ごうし》、誰の目でみてもすぐにわかる妾宅である。

「そこに、おみのという年増が囲われていると知り、わたしはひとを使って調べさせたのです」

儀介は泊まりがけで視察へ行くと嘘を吐いては、月に一、二度、神楽坂の妾宅へ通った。

「どうやってとっちめてやろうか、あれこれ考えているあいだに三月《みつき》経ち、四月経ち、とうとう儀介はあの世へ逝《い》っちまった」

おかつは滔々《とうとう》と恨み言を述べたて、ようやく本題にはいった。

しもた屋は小綺麗な屋敷で、家賃だけでもかなりする。妾の給金も入れれば、とても儀介のもちだしだけでは賄えそうにない。妙だなとおもい、おかつはさらに詳しく調べてみた。すると、意外な事実が判明した。

「儀介以外にも、囲い主が三人おりました」

「なんだと」

「おなじ神楽坂に、妾奉公だけをあつかう口入屋がございます」

——寿屋。

という屋号を聞き、勘兵衛の片眉がぴくりと動いた。

知っているのだが、余計な口は挟まない。

妾奉公を斡旋する口入屋は、御法度でもなんでもなかった。

斡旋の手法がおもしろい。まず、妾になりたい者と囲いたい者との双方が見合いをし、気に入った相手をみつける。そして、気に入った相手がみつかったにもかかわらず、金銭が折りあわないと、何人かで金を出しあい、ひとりの妾を囲うことがあった。それを、安《やす》囲《がこ》いという。

「ふうむ、男四人にひとりの女か」

勘兵衛は唸《うな》った。

儀介をのぞく三人のなかに、船宿の亭主と多度津藩の藩士がふくまれているのかもしれない。ふたりはいずれも気の小さい男で、女房の尻に敷かれていた。密《ひそ》かに妾を安囲いしていた公算は大きい。

案の定、おかつの口から、鈴木屋亀蔵と副島安之進の名が洩れた。

そして、四人目の男の素姓もきっちり調べてあった。

玄治店《げんやだな》の七つ屋（質屋）で、天竺屋《てんじくや》藤八《とうはち》なる五十男だという。

勘兵衛は天竺屋についても知っていた。

盗品がもちこまれる七つ屋ならば、おおかたは知っている。

藤八という男もたしか、女房の尻に敷かれた気の小さい男だ。

勘兵衛が顎《あご》をしゃくると、銀次と三平がそっと席をはずした。

さっそく、藤八の安否を確かめにむかわせたのだ。

「お内儀、最後に肝心なことを訊きたい」

「はい、何でしょう」

「下手人に心当たりがあると申したな、それは」

「佐太郎《さたろう》にございます」

「佐太郎とは」

「おみのという女の情夫《いろ》にございます……う、うう」

気丈さを装っていたおかつが、突如、畳に俯《うつぶ》した。

勘兵衛は膝でいざりより、哀れな女の肩に手を置いた。

「儀介はどうしようもねえ男だが、おめえは惚《ほ》れていたんだな」

おかつは泣きじゃくり、勘兵衛の袖に縋《すが》りついてくる。

「おめえ、儀介をあんなふうにしちまった野郎が憎いんだろう」

「はい、あのひとが……あのひとが、可哀想でなりませぬ……うう」

「おもいっきり泣きゃいい。今日まで我慢したんだからな」

おかつは、妾の情夫が悋気《りんき》から儀介を殺害したと考えた。

それが思いこみかどうかは、佐太郎という男に会ってみなければわからない。

鯉四郎はさきほどから、呆気《あっけ》にとられている。

勘兵衛は抹香臭い部屋のなかで、しばらくのあいだ、泣きくずれる片化粧の女を抱いてやった。

四

勘兵衛は不服そうな鯉四郎を誘い、小舟に乗って対岸の真崎稲荷《まさきいなり》へむかった。稲荷社の境内には「甲子屋《きのえねや》」という茶見世がある。売りは吉原大門内にある山屋の絹ごし豆腐をつかった田楽刺し、これを食おうと誘ったところ、若い定廻りはあからさまに渋い顔をつくった。

陸へあがってからも、鯉四郎は仏頂面をくずさない。

「神楽坂の妾宅へ、むかわずともよいのですか」

と、諫《いさ》めるような口振りで糺す。

「訪ねたところで蛻《もぬけ》の殻さ。鈴木屋亀蔵と副島安之進が髭天狗に殺された噂は市中へ流れておる。囲い主のふたりまでが殺されたと知れば、妾は怖ろしゅうて妾宅に居られなくなる。情夫の佐太郎が下手人であればなおのこと、縄を打たれるまえにふたりで逃げようとするにきまっておるわ」

「しかし」

「急いては事を仕損じる。豆腐でも食って脳味噌をやわらかくしておけ」

あいかわらず、小雨がしとしとと降っている。

花を腐らせる雨であった。

勘兵衛は境内に聳《そび》える大榎《おおえのき》に近づき、地上三尺ほどの高さに注目した。

空虚《うろ》があり、水が滾々《こんこん》と湧きでている。

「鯉四郎、お祖母《ばあ》さまは目を患っておられたな」

「はあ」

「あの湧き水を、竹筒に汲んでゆくといい」

「効き目があるのでしょうか」

「だから、ああして大勢の者が汲んでゆく」

鯉四郎は竹筒を手渡され、神木へ歩みよった。

水の勢いは強い。

竹筒に澄んだ水が満たされた。

「どれ、わしにも呑ませろ」

勘兵衛は両手をかさねて湧き水を掬《すく》い、口にはこんだ。

「ほっ、あいかわらず美味いのう」

境内を見渡せば、豆腐田楽を食わせる茶見世が五、六軒ならんでいる。

なかでも、いちばん賑わっているのが「甲子屋」だった。

見世の暖簾をくぐると、禿げた親爺が訳知り顔で頷《うなず》き、衝立《ついたて》で仕切られた奥の席へ通してくれた。

「馴染みのようですね」

「まあな」

しばらくすると、串に刺さった田楽焼きが平皿に盛られて運ばれた。

もちろん、熱燗《あつかん》も付いている。

「おぬしは下戸であったな、茶でも呑むか」

「はあ」

鯉四郎はつまらなそうにこぼし、香ばしい焼き味噌の匂いに鼻をひくつかせた。

田楽焼きといえば豆腐のことだが、蒟蒻《こんにゃく》、茄子《なす》、里芋にくわえ、魚の擂《す》り身を串刺しにした魚田《ぎょでん》などもある。

「甲子屋は田楽の種類が多い、それが人気の秘訣でな。が、なんというても目玉は山屋の絹ごし豆腐よ。これを食っちまったら、ほかの豆腐は食えぬ」

勘兵衛は酒で舌を濡《ぬ》らし、さっそく豆腐田楽を頬張った。

口をはふはふさせながら、にんまり笑ってみせる。

「ふまひ、ほぬひも食ふぇ」

「は」

鯉四郎は一口頬張り、驚いたように目を丸めた。

「ふあっ、ほれはふまひ」

「な、焼き味噌と般若湯がまた合うのよ。下戸にはわかるまいて」

勘兵衛は銚子を二本空け、ほんのり顔を染めた。

ひととおり食って腹が落ちついても、動こうとしない。

それどころか、ごろんと横になり、手枕で居眠りしはじめた。

鯉四郎は腕組みをし、怒ったようにただ憮然《ぶぜん》と座りつづけた。

半刻ほど経ち、勘兵衛がむっくり起きてきた。

「そろそろ来るころだな」

「え」

誰が来るのか質そうとしたところへ、銀次が顔を出した。

「へへ、ここにおりなすったか」

「ようわかったな」

「以心伝心でさあ」

ふたりの掛けあいを聞き、鯉四郎はしきりに感心している。

「で、どうだった」

「七つ屋の藤八は生きておりやすよ。やたらにびくつきやがって、つぎは自分が殺られる番だ、髭天狗様に殺されるにきまっていると、あたまから蒲団《ふとん》をかぶって震えておりやした」

「そうかい」

「女房にいたっては事情を知った途端、質流れの槍を構えて一日じゅう玄関先に立っておりやす」

「髭天狗を突きころす気か、猛女だな」

「藤八はおみのを従前から知っておりやした。十年もめえになりやすが、芳町で駆けだしの芸者をしていたころ、質草を抱えてよく訪れたのだそうで」

「深川のまえは芳町にいたのか」

「へい、黒目がちのぽっちゃりした良い女で、藤八はそのころから目をつけていたらしいんで」

「十年越しの恋が実ったというわけだな」

「偶然のたまものでやすよ」

藤八は同業の悪仲間に誘われ、半年ほどまえ、妾紹介専門の口入屋へ顔を出した。

「寿屋でやすよ。おもんっていう爪の長え強欲な女将《おかみ》が仕切っておりやしてね」

「おもんなら、知らぬ仲ではない」

「ほ、そいつは存じあげませんで」

「まあよい、さきをつづけてくれ」

「へい、小心者の藤八はおもんから、とびきりの美人を月に二度だけ自分のものにできる手があると囁《ささや》かれたそうです」

「安囲いを薦められたのだな」

「そのとおり。藤八のやつ、相手がおみのと知るまでは断るつもりでいたらしい」

ところが、別室でおみのを紹介され、藤八は舞いあがってしまった。

旦那になることを即決し、ほかに三人の旦那があると念を押されたうえに法外な斡旋料をふんだくられても、気にはならなかったという。

爾来《じらい》、藤八の秘められた妾宅通いがはじまった。

「気の強え女房にゃ内緒です。帳場から小金をくすねては、せこせこ貢いでいやがった」

「ほかの三人と面識はなかったのか」

「面を合わせねえのが寿屋の建前らしいんですがね、ほかの旦那がどんな面をしているのか、拝みたくなるのが人情ってもんでさあ」

藤八は神楽坂の妾宅を張りこみ、三人の顔を確かめたばかりか、素姓まで調べあげた。だからといって、何をどうするというわけでもなかった。知ったことで胸のつかえは取れたものの、目を瞑《つむ》ると三人の死に顔が浮かんでくる。

今にしておもえば、知らずにおいたほうがよかったと、銀次は泣きの涙で告げられたらしい。

「藤八がおみのと最後に逢ったのは」

「それが殺しのあった翌日、十一日の夜更けだったらしいんで。しかも、おみののほうから玄治店の七つ屋を訪ねてきた」

「なに」

「真っ青な顔で質草を出し、五両貸してほしいと頼んだそうで」

「藤八は貸したのか」

「はい。店先で騒がれでもしたら一大事、藤八はそっちのほうばかし気になって、おみのが夜更けに訪ねてきたことを不審におもう余裕もなかった」

「なるほど」

「旦那、肝心なのは質草でやす。そいつは刺身包丁でしてね」

鯉四郎が、ぐっと身を乗りだした。

勘兵衛はしきりに顎を撫《な》でまわし、はなしのつづきを待っている。

「刺身包丁に五両も出す七つ屋なんぞおりやせん。ところが、藤八はおみのを早く帰えしてえばっかりに貸しちまったんだ」

「包丁に血糊は」

「ようく洗ってありやしたぜ。そいつが佐太郎の持ち物かどうか、三平に調べさせておりやす」

「よし、うちの酔いどれ医者にもみせてやろう」

刃物をみれば、殺しにつかわれた凶器かどうか判別できるかもしれない。

ともあれ、おみのと佐太郎が七つ屋で借りた五両を握り、その足で逃走をはかった線は濃くなった。

「銀次、四日も経っちまったな」

「へい、悠長に豆腐なんぞ食ってる場合じゃねえ」

銀次は空の銚子をかたむけ、掌《てのひら》に落ちた酒の雫《しずく》を嘗める。

勘兵衛は大小をつかみ、ひょいと腰をあげた。

五

勘兵衛たちは手分けして、逃げた男女の行方を追った。

そして手懸かりをつかめぬまま、翌夕になって葺屋町の「福之湯」へ集まった。

鯉四郎と三平はふたたび出掛け、勘兵衛と銀次だけが差しむかいで鍋をつついている。

白魚の良いのがはいったので、鰹節と昆布で出汁をとり、醤油仕立ての卵とじにして食おうと相談がまとまったのだ。

剣菱もある。ちろりの口から湯気が立っていた。

「こうなればどっしり構えてやるさ、ほれ」

「へ、どうも」

銀次は注がれた酒を一気に干し、ほっと溜息を吐いた。

三平の調べによれば、佐太郎は腕の良い包丁人だった。

なにしろ、永代寺門前の二軒茶屋で雇われていたこともあったとか。

二軒茶屋といえば一流どころ、豪商が大名家の留守居役を接待するような料理茶屋だ。

「座敷に呼ばれた芸者とそこの板前が、何かの縁でひっついたか」

「おおかた、そんなところでやしょう」

「佐太郎ってのはどんな男だ」

「年は三十のなかば、鰓《えら》の張った憎めねえ顔の野郎だとか。性分は無口で一本気、喧嘩っ早えところがありやしてね、二軒茶屋を辞めさせられたのも勝手場で先輩格の相手と口論になり、それこそ刺身包丁を振りまわしたせいだと聞きやした」

「ふうん」

　そのあとは転々と料理茶屋を渡りあるき、おなじような揉め事を起こしたあげく、江戸に居場所がなくなった。いっときは上方に足を延ばしていたらしいが、あいかわらず喧嘩癖はなおらず、博打《ばくち》の味をおぼえて江戸へ舞いもどってきた。

「妾宅の近所に住む連中が、正月明けから佐太郎を何度か見掛けておりやす」

「江戸へ舞いもどるなり、切れたはずの女のもとを訪ねた。焼《や》け木杭《ぼっくい》に火が点《つ》いたか」

「ま、そういうこってすね。ところで、刺身包丁のほうはいかがでやしたか」

「ふむ、それがはっきりせん」

「へえ、仁徳先生にもわからねえことがあるんだ」

「そりゃあるさ」

「どっちにしろ、刺身包丁が佐太郎のもんだってことは、はっきりしやしたぜ」

柄に「左」の字が焼き印されており、かつての仲間に三平が聞いたところ、まちがいないという返事だった。

板前ならば、刃物のあつかいにも馴れていよう。

動機もある。双方合意のうえとはいえ、おみののからだを弄《もてあそ》ぶ連中のことが、佐太郎にはどうしても赦せなかった。それで、ひとりずつ刺し殺し、遺骸をむごい方法でさらすことで恨みを晴らそうとした。

だが、殺された三人のなかには二本差しもふくまれている。

佐太郎に侍を殺すことなどできたのだろうか。

しかも、四人目の七つ屋は生きており、逃走をはかるための路銀まで借りた形跡があるのだ。

銀次の手にする箸《はし》の動きも鈍い。

「藤八だけが生かされたってのが、やっぱ腑に落ちねえな」

「ふうむ、煮詰まったときは一から考えなおしたほうがよい。殺された三人には何か別の繋がりがあったのかもしれぬ」

「別の繋がりですかい」

「おみの以外の繋がりさ。殺された三人の身辺を、もういっぺん洗いなおしたほうがよさそうだな」

たとえば、鈴木屋が船宿以外にどんな商売をしていたのか。副島安之進は出世とは無縁の男だったらしいが、実際に多度津藩で何をやっていたのか。あるいは、庵崎の名主の屍骸はどうして黄金河岸に捨てられたのか。そうしたことをきっちり調べなおす必要があると、勘兵衛はおもった。

一刻余りのち、鯉四郎がもどってきた。

何やら興奮気味に息を切らし、剣菱を注いでやると、下戸であることも忘れて盃を呷った。

「うほっ、こやつ呑みほしたぞ」

「あ、酒でしたか」

「何かつかんだのか」

「はい、本所廻りの手先から興味深いはなしを聞きました」

寺島村の鎮守である白髭神社から、鎌倉時代にさる公卿から寄贈されたという由緒ある髭天狗の面が盗まれた。それを本所廻りの連中が神主に依頼され、十日も掛けて探しまわっていたらしい。

「髭天狗の面をなあ。して見つかったのか」

「いいえ」

「手懸かりは」

「ございました。稲垣庄左衛門《いながきしょうざえもん》なる者に疑いが掛かったとかで」

「何者だ」

「寺島村の名主です。この者がしたたかに酔い、髭天狗の面をつけて踊っているところを何人もの小作人がみておりました」

「縄を打ったのか」

「いいえ、縄を打つどころか、本所廻りは宴席に招かれ、袖の下をたっぷり」

「つかまされたか。けっ、阿呆めら」

「稲垣庄左衛門なるもの、庵崎の名主とは犬猿の仲でした」

「なに」

争いの発端は「黄金河岸」の占有権をめぐる主張の食いちがいであった。

それが高じて、両者は大名屋敷の下肥入札があれば、かならずといってよいほど競いあい、揉めていたという。

「鯉四郎、下肥の取引市場はどこにある」

「神田須田町の青物市場《やっちゃば》にあるそうです。入札日は毎月十日と二十日」

　毎回、さまざまな大名家の下肥が競りに掛けられる。希望者は競りに参加し、以後三ヶ月ぶんの下肥を汲む権利を買うのだ。

「すると、殺しのあった日も入札はおこなわれたのだな」

「おこなわれました。下肥のなかでも一番人気は五万石以上で、なおかつ藩主が在府の勤番、十日に競りおとされたなかには京極家の勤番もござりました」

　しかも、丸亀藩と多度津藩の上中下屋敷がひとくくりにされた汲みとりの権利で、競りに参加した連中のあいだでは「金比羅様」と呼ばれていたらしい。

「黄金の金比羅様か」

「数ある勤番のなかでも目玉のひとつだったとか。それを庵崎と寺島村の名主が最後まで争い、庵崎の川上儀介が競りおとしたそうです」

「でかした、鯉四郎、ようそこまで調べたな」

「は」

　勘兵衛に褒《ほ》められることなど稀にもないので、鯉四郎は赤面し、あたまを掻いた。

　黒光りした床に、雲脂《ふけ》がぱらぱら落ちてくる。

「まあ座れ。白魚の鍋でもつつけ、おぬしのぶんもとってある」

「かたじけのう存じます」

鯉四郎はすぐさま鍋をたいらげ、水をごくごく呑んだ。

「ぷはっ」

「美味いか」

「水道の水より、やはり、湧き水のほうが美味いですな」

「そりゃそうだ」

「祖母がえらく感謝しておりました。何よりも長尾さまのお心遣いが嬉しいと」

鯉四郎の祖母は目のみならず、痴呆の症状が日増しにひどくなりつつあった。

「まだまだ、しっかりなされておるではないか」

「一日のうちで何度か、正気を取りもどします」

「可哀想に、今夜は帰ってやれ」

「ご心配にはおよびませぬ。小女《こおんな》に面倒をみさせておりますゆえ。それに、何かあったときは隣の加藤《かとう》さまのお宅へ駆けこませていただくよう、お願いしてござります」

「加藤隼人丞《はやとのじょう》か。ふむ、あれはなかなか面倒見の良い御仁だ、奥方もしっかりなされておる」

「ご同輩でしたね」

「ふたりとも、出世とは無縁の老《お》い耄《ぼ》れよ」

「あ」

鯉四郎が唐突に声をあげた。

「いかがした」

「だいじなことを、ひとつ忘れておりました。稲垣庄左衛門は名主のくせに武芸好きで、食客《しょっかく》をひとり飼っておるのだそうです」

「食客」

「はい、何でもさる雄藩の馬廻り役までつとめた人物で、槍術の達人とか」

「槍か」

勘兵衛の眸子《まなこ》が、きらりと光った。

鯉四郎はそれと気づかず、味噌を塗って焼いた握り飯を頬張っている。

「きっと、そいつにちげえねえ」

ぽつりと、銀次が吐きすてた。

六

翌朝、七つ屋の藤八が殺されたと聞いて、勘兵衛は愕然《がくぜん》とした。

押っ取り刀で玄冶店の「天竺屋」へ駆けつけてみると、さきに到着した鯉四郎が寝間の隅で吐いている。銀次も来ているはずだが、すがたはない。

藤八は褥《しとね》に仰《ぎょう》臥《が》し、空をつかむような恰好で死んでいた。

左胸に深々と、刺身包丁が刺さっている。

柄の部分に「左」の字がはっきりみえた。

藤八は、虚ろな眸子で天井をみつめている。

瞳からは、怯《おび》えも怒りも読みとることはできない。

もうすこし配慮があれば、避けられたかもしれない殺しだった。

勘兵衛は溜息を吐き、寝間をあとにした。

上がり框をみやれば、七つ屋の女房が十ほどの娘を抱いて座りこんでいる。

たしか、女房の名はおしげ、娘の名まではおもいだせない。

おしげは泣くことも忘れ、茫然《ぼうぜん》と土間を睨んでいた。

「旦那、ちょっと」

銀次がひょいと顔を出し、勝手口のほうから手招きした。

むかってみると、窶《やつ》れきった旅装の女が佇んでいる。

「こちらは長尾勘兵衛さまだ。ほれ、自分で名乗ってみな」

銀次に促され、女は消えいりそうな声を洩らした。

「おみのでござります」

履きつぶした草鞋《わらじ》が痛々しい。

蒼褪《あおざ》めた顔は幽霊のようで、唇もとだけが妙に紅かった。

黒目がちの眸子は濡れており、睫毛《まつげ》をしきりに瞬きながら脅えている。

指先で肩をつついてやれば、その場にくずおれてしまうにちがいない。

「おみの、佐太郎はどうした」

勘兵衛は頰に笑みすら浮かべ、できるだけ優しく訊いてやった。

おみのは顔もあげられず、ぐすっと洟《はな》を啜《すす》る。

「幸手《さって》の宿で……い、いなくなりました」

「泣くな、しゃんとしろ。ふたりで奥州路へ逃れたのだな」

「は、はい」

当て所もなく、ただ、ふたりは北をめざした。逃げられるところまで逃げようと約束したのだ。

「わたし、みちまったんです。副島さまが槍で突かれるところを、この目でみちまったんです」

「なんだと」

「旦那、じつはそうらしいんでさあ」

すでに事情を糺していた銀次が、かいつまんで経緯を説いた。

「殺しのあった十日夜は、副島安之進が妾宅へ訪ねてくる順番だったそうです」

ところが、副島は数日前から風邪をこじらせて寝込んでいた。律義な男で、寿屋のおもんを通じ、まんがいちのときは来られないかもしれないと、おみのに伝えてきたのだという。

言伝どおり、その夜、副島が神楽坂にあらわれる気配はなかった。

が、町木戸の閉まる亥ノ刻となり、見知らぬ侍がひとり訪ねてきた。

ひどく顔色の悪い痩せた男で、副島に火急の用事があるという。

今夜は来ないと告げると、男は礼儀正しくお辞儀をして去った。

「物騒なことに、七尺の槍を提げていたそうで」

おみのは不吉な予感に駆られ、意を決して男のあとを跟けた。

むかったさきは鳥居坂の藩邸、男は風体《ふうてい》の賤《いや》しい駕籠《かご》かきに声を掛けて金を渡し、藩邸の門を敲《たた》かせた。おおかた、門番にむかって、副島安之進の妾が訪ねてきたとでも囁いたのだろう。

おみのが物陰から様子を窺っていると、副島が血の気の失せた顔であらわれた。

激しく咳《せ》きこみながら、駕籠かきの背にしたがって急坂を登っていく。

おみのの心臓は破裂しそうになった。

坂の中途で、駕籠かきは暗がりへ消えた。

替わりに、髭天狗の面をかぶった男が登場した。

つぎの瞬間、槍の穂先が星影を反射させた。

あっという暇もない。

副島は胸を突かれ、坂道を転がった。

転がったさきの坂下に、おみのは固まっていた。

髭天狗に睨まれた刹那《せつな》、足が勝手に駆けだした。

おみのは、いちども振りかえらずに駆けつづけた。

妾宅へはもどらず、神楽坂を登りつめ、毘沙門堂《びしゃもんどう》裏の藁店《わらだな》へ駆けこんだ。

「厠《かわや》のそばの薄汚ねえ部屋に、佐太郎が住んでやした」

藁店と妾宅は目と鼻のさき、髭天狗の男に勘づかれると踏み、ふたりは不忍《しのばず》の出逢い茶屋へ足をむけた。そこで一夜を明かし、つぎの日の夜、路銀をつくるために七つ屋へ忍んだ。

「そいつがおおまかな経緯でさあ。おみの、そういうこったな」

「はい、藁をもつかむおもいでした。天竺屋の旦那さまにお縋りするしかなかったのでござります」

佐太郎も金はない。おみのがせっせと貢いだそばから、博打ですってしまっていた。唯一、金になりそうな持ち物といえば、肌身離さずに携えている刺身包丁だけであった。

「この際、背に腹はかえられないと質草に……天竺屋の旦那さまに土下座して何とか五両をお借りいたしました」

ふたりは借りた金の一部で旅装をととのえ、手に手を取って奥州路を歩みはじめた。

ところが、ひとつ宿場を越えるごとに、佐太郎の足は重くなる。

たぶん、それは刺身包丁のせいだろうと、おみのはおもった。

雇ってくれるところもなくなり、なんども川へ捨てようとおもったが、捨てることのできなかった包丁である。じつは、佐太郎が自分を一人前に育ててくれた親方から譲りうけた形見の品だった。

「あれがないと落ちつかない、あのひとはそうつぶやき、いつも苛々《いらいら》しておりました」

いちどはあきらめた包丁だったが、おみのとふたりで再起をはかるには、どうしても必要だ。そんなふうに考えなおしたのであろう。

ともかく、ふたりは下野国《しもつけのくに》の国境に近い幸手宿までたどりついた。

おみのが旅籠の小部屋で疲れきったからだを横たえ、深い眠りに落ちた翌朝、目を醒《さ》ましてみると、佐太郎は消えていた。

「ここでまってろと、書き置きがありました。でも、待ってなんぞいられません」

「それで、幸手から舞いもどってきたってわけかい、駄洒落《だじゃれ》じゃねえか」

銀次は目を三角に吊《つ》りあげ、人が変わったかのように語気も荒くまくしたてる。

「幸せを手にしかけた幸手の宿で、おめえは置き去りにされたんだ。七つ屋へ来てみりゃ佐太郎はいねえ、替わりに藤八の屍骸が転がっていた。途方に暮れたおめえは、勝手口の外で震えているしかなかったてえわけだ。ふん、いってえ、どの面さげてもどってきやがった」

「も、申し訳ございません」

「おめえのあたまんなかは、好いた男のことだけだ。他人様の痛みなんざこれっぽっちも考えてねえ。いいか、七つ屋にゃ女房も子供もあったんだぜ。おしげは気は強えがよくできた女房さ。亭主の秘密は知っていた、知っていながら黙っててやったんだよ。いつかきっと藤八が正直にはなしてくれるにちがいない、その日が来るのを待っていたんだぜ。ところが亭主は殺された、無惨な死にざまさ。そこへ、おめえはひょっこり顔を出しやがった、おしげの気持ちも知らずになあ」

「う……うう」

「泣くんじゃねえ、泣きてえのはおしげのほうだ」

勘兵衛は手を伸ばし、銀次の肩を叩いた。

「そのへんにしといてやれ」

「でも、旦那」

おみのも好きで妾になったわけではない。生きてゆくためには、そうするしかなかったのだ。佐太郎と再会し、焼け木杭に火が点いたことも、いちがいには責められぬ。

「惚れた女の弱みというやつだ」

「惚れた男がわりいや。七つ屋を殺ったのは佐太郎にちげえねえんだ」

「え」

おみのが驚いて顔をあげた。

「ちがうってのか。佐太郎は刺身包丁を返《け》えせと迫った、藤八は仕舞っておいた刺身包丁を取りだすや、五両と利息を返えせとはねつけた。ふたりのあいだで揉みあいになり、脳天に血をのぼらせた佐太郎が包丁を逆手に握っちまった。殺ったあとに怖くなって逃げちまいやがったんだ、それが事の顛末《てんまつ》よ」

「ちがいます、あのひとに人殺しなんぞできやしません」

「人殺しの情婦《いろ》はな、みいんなそう言うんだよ」

「あのひとは小心者なんです、それを隠すために喧嘩しちまうんだ。今までだってそうなんです。自分のことで喧嘩するんじゃない、仲間が理不尽なことで詰《なじ》られると我慢できないひとなんです」

「聞きたかねえな」

「あのひとは偏屈だから、他人様とはうまくやっていけない。でも、人殺しのできるひとじゃない、それだけは信じてやってください」

「佐太郎はな、おめえに貢がせた金をぜえんぶ博打ですっちまった。包丁人の風上にもおけねえ野郎さ。なんでそんな男に未練があんだよ」

「何と言われようが構やしません……わたし、あのひとがいなきゃ生きていけない」

おみのは泣きくずれた。

慰めようもない。

ふと、勘兵衛は背筋に寒気を感じた。

振りかえると、おしげが勝手口に立っている。

「わたしゃ、みたんだ」

「ん」

おしげは、ふらつきながら足をはこんできた。

視点はさだまらず、黒目が寄っている。

「しっかりせい、何をみたのだ」

「天狗さまを……白髭の天狗さまを」

「なに」

おしげは勘兵衛の脇を擦《す》りぬけ、おみのに近寄った。

噎《むせ》び泣く肩に手を置き、そっとことばを掛けてやる。

「おまえさんがわるいんじゃない。そんなに自分を責めないでおくれ」

おみのはおしげの裾に縋りつき、泣きながら謝りつづけた。

ふたりの女を救ってやりたくても、勘兵衛に救う手だてはない。

十手持ちにしてやれることは、かぎられている。

「旦那」

銀次の歯軋《はぎし》りが聞こえてきた。

髭天狗とその飼い主に、引導を渡さねばなるまい。

七

十日夜に殺された三人の繋がりが、ようやく明らかになった。

副島安之進は多度津藩内で下肥の管理をまかされており、丸亀藩と共同の今入札に関して一定の権限を有していた。糞尿をあつかうので藩士の誰もが嫌悪する役目だが、存外に実入りは大きかった。

庵崎の川上儀介から幾度となく宴席に招かれ、仕舞いには妾をいっしょに囲わないかとまで打診されたのだ。おみのを紹介され、副島はその気になった。妾への給金は負担していなかったらしい。

一方、船宿亭主の鈴木屋亀蔵も妾話にひとくち乗った。調べてみると、鈴木屋はへぎり舟を何艘も所有しており、下肥の運搬で稼ぎを得ていた。従前から、庵崎の名主とつるんでいたのだ。

寿屋のおもんと知りあいだったのは亀蔵で、おもんを説得して顔見知りの三人で安囲いすることを認めさせた。おもんは認める交換条件として、法外な斡旋料を要求した。これを支払うには、もうひとり旦那を呼びこんで負担を減らさねばならない。

不運にも四人目に選ばれたのが、七つ屋の天竺屋藤八であった。

「三人が消されたところまでは、わかりやすよ。寺島村の名主は下肥の入札で負けたのがよっぽど口惜しかったんでしょう。だから、髭天狗にあんなむごい遣り口を命じたにちげえねえ」

金比羅権現の祟りなのだと、世間に知らしめる企図もあったのだろう。

「けど、七つ屋まで殺《あや》めることはなかったはずだ。いってえ、どうしてでしょうね」

銀次が首をひねるとおり、寺島村の稲垣庄左衛門にとって得なことはひとつもない。

「本人に聞いてみるしかあるまいな」

引導を渡すためには、相手の器量を見極めることが必要だ。

午後、勘兵衛たちは舟で大川を遡上し、寺島村へむかった。

寺島村は東西十六町余、南北二十町余、広大な土地に約三百戸の農家が点在し、多くは植木屋を兼ねている。田圃の狭間には花畑や樹林が点在し、隅田川縁には白鷺《しらさぎ》などの水鳥が群れをなして飛んでいた。

文人墨客の好みそうな景色のなかに白髭神社が鎮座し、稲垣庄左衛門の屋敷は神社のそばに控えていた。

「長尾さま、佐太郎の行方がちと気になりますね」

堂々たる冠木門《かぶきもん》を面前にして、鯉四郎が吐きすてた。

たしかに、佐太郎の安否は案じられる。おそらく、藤八が殺された前後に玄冶店へあらわれたにちがいない。天竺屋で髭天狗とかちあっていれば、まず命はなかったであろう。うまく逃げおおせたとすれば、幸手の宿場へむかったはずだ。

なんとか無事であることを、心の片隅で祈っていた。

佐太郎は腕の良い板前だけに、立ちなおる見込みはある。

どっちにしろ、生きてさえいれば、おみのは救われるのだ。

「旦那、さ、めえりやしょう」

銀次に促され、勘兵衛は敷地内に踏みこんだ。

大振りの黒松が何本も植わっており、表玄関まではけっこう遠い。

勘兵衛たちの影を見定め、番犬がけたたましく吠えはじめた。

黄土色の鮮やかな毛並みをもつ獰猛《どうもう》そうな犬だ。

表玄関で来意を告げると取次の者があらわれ、ほどなくして客間へ通された。

さらに四半刻ほど待たされたのち、ようやく、蝦蟇顔《がまがお》の男が登場した。

「わたしが名主の稲垣庄左衛門にござります」

「南町奉行所臨時廻りの長尾勘兵衛でござる」

「臨時廻りのお役人さまが何かご用で」

「過日、庵崎の名主が黄金河岸にて無惨な死にざまをさらした、その件で訊きたいことがある」

「それなら、本所のお役人さまにも訊《たず》ねられましたぞ。もっとも、そちらは与力の松浦さま直々にお越しいただきましたがな」

庄左衛門は横柄な態度で言い、愛用の痰壺《たんつぼ》を引きよせた。

かっぺっと痰を吐き、懐紙で口を拭《ぬぐ》う。

「名主どの、同心風情では相手にならぬと申すか」

「めっそうもござりませぬ。されども、松浦さまによれば、川上儀介を殺めたのは妾の情夫であろうとのこと。手配書をまわせばすぐに捕まるであろうから案ずることはないと、かように仰せられました」

「いつのはなしだ」

「はて、涙雨が降っておりましたので、そのころかと」

「なるほど」

「それ以上、何をお知りになりたいのやら」

「白髭神社から髭天狗の面が盗まれたと聞いたが」

「その一件についても本所廻りの方々に申しあげたはず。わたしには何の関わりもないことです」

「ふっ、嘘を申すな」

「何でわたしが嘘なんぞを」

「多度津藩の藩士が髭天狗の面をつけた男に殺られた。それをみた者がいる」

「はあ」

「髭天狗め、槍をたばさんでおってな」

「ほう」

「とぼけるでない。おぬし、槍術の得意な食客を飼っておろう」

「おりますが」

「その者の姓名は」

「九戸《くのへ》玄蕃《げんば》にございます。ゆえあって今でこそ浪々の身なれど、そのむかしは南部藩馬廻り役、技倆《ぎりょう》のほどはたしかですぞ」

庄左衛門は不敵な笑みを洩らす。

「槍をつかう武芸者ならば、江戸に何人もおりましょう。それだけでこの稲垣庄左衛門を疑うとは言語道断、そちらさまの出方によってはこちらにも考えがある」

「ふふ、南町の与力全員に賄賂《まいない》でもおくるか」

「もっと容易な手がござります」

「ほほう、どのような手かな」

庄左衛門は真顔になり、眼光を炯々《けいけい》とさせた。

「今は申しあげられぬ、おのぞみならば、あとでお教えしてもよい」

「是非とも知りたいものよ」

「ぶほっ、ぶほほほ」

蝦蟇は梨腹を突きだして嗤《わら》い、障子を指差した。

「さ、お帰りはあちらにござります」

勘兵衛は素直に応じ、腰をあげかけた。

「おっと、忘れるところだった」

「何でしょう」

「次回二十日の下肥入札、おぬしは参加いたすのか」

「もちろんですとも」

「庵崎の名主がこの世から消えた以上、おぬしの独壇場であろうな」

「さあ、どうでしょうか。入札は公平におこなわれますので」

「誰が考えても不公平なのは、おぬしが生きておるということだな」

「いくらお役人さまでも、言って良いことと悪いことがありますぞ」

「わかったわかった、邪魔したな」

　庄左衛門を煽るだけ煽り、勘兵衛は屋敷を去った。

「おもったとおり、一筋縄じゃいきそうにねえな」

　銀次は素十手を握り、肩を軽く叩いてみせる。

「旦那はこれから、どういたしやす」

「白髭神社にでも詣でてみるか」

「こうなりゃ神頼み。なら、あっしはひとまず佐太郎の行方を」

「おう、そうしてくれ。鯉四郎も銀次と行け」

　鯉四郎は背中を押され、不服そうな顔をする。

「わたしも白髭神社へお供します。名主が番犬を仕掛けてくるやもしれませぬ」

「それが狙いよ。おぬしがおっては邪魔だ」

「え」

「さあ、わかったら行くのだ」

銀次が鯉四郎の袖を引いた。

「ご案じなされますな。長尾さまは伊達や酔狂で三十年も廻り方をやってこられたわけじゃねえ。けっしてご無理はなされやせんよ」

数々の修羅場を踏んだ岡っ引きに促され、鯉四郎は重い足取りで遠ざかってゆく。

勘兵衛は踵《きびす》をかえし、白髭の杜《もり》とも称される鬱蒼とした神社の境内をめざした。

周辺の田圃には水鳥が遊び、隅田川の対岸を仰げば橋場のあたりから黒い煙が幾筋も立ちのぼっている。瓦を大量に焼くことで生じる煙だった。

茜《あかね》に染まった西の空は焦げつき、杜のほうから鴉の鳴き声が聞こえてくる。

日没は近い。

参詣が第一の目的ではないが、自然と急ぎ足になる。

白髭明神は、平安中期に慈恵大師の手で開基されたという。

うら枯れた外観の拝殿は、荘厳な空気に溶けこんでいた。

勘兵衛は苔生した石段を登り、拝殿へつづく甃《いしだたみ》をゆっくり歩みはじめた。

境内は薄暗く、参詣に訪れた人影もない。

何者かの気配を感じ、勘兵衛は足を止めた。

石灯籠《いしどうろう》の陰から、槍を手にした痩軀《そうく》の侍があらわれた。

年の頃なら五十の手前、顔色はあおぐろく眸子は窪み、眉間や目尻の皺《しわ》が深い。苦労をかさねたすえにできあがった顔だ。しかし、どのような哀《かな》しい事情があるにせよ、眼前の男は人殺しにほかならない。はした金で雇われ、見ず知らずの相手を槍でひと突きにした悪党なのだ。

「ふん、やってきたのは老い耄《ぼ》れ同心ひとりか」

「九戸玄蕃だな。ずいぶんと声が嗄れておる。それに顔色も悪いぞ」

「おぬしに心配される筋合いはない」

「なるほど、提げておるのは片刃の菊池槍か。それなら刺身包丁にも近い」

「それがどうした」

九戸が三白眼で睨みつけてくる。

勘兵衛は、ふっと笑みを浮かべた。

「白髭神社の祭神は猿《さる》田《た》彦命《ひこのみこと》だ」

「そのようだな」

「猿田彦は地に降りて天狗となった。寺島村の守護は髭天狗よ。庄左衛門は名主であるにもかかわらず、不届きにも社から守護を盗みおった」

「何が言いたい」

「天罰が落ちるということさ。庄左衛門にも、番犬にもな」

「ふっ、番犬か。わしも堕ちたものよ」

「で、何か用か」

「同心ずれが余計な穿鑿《せんさく》はせぬことだ。不浄役人のひとりやふたり、黄金河岸あたりで野垂れ死んでも誰も文句は言わぬ」

「脅しか」

「まあ、そうだ」

「ひとつ教えてくれ。なぜ、七つ屋まで殺めた」

「喋るとおもうか」

「どうであろうな」

「殺されるやつには殺される理由がある。それだけのことさ」

「なるほど、殺されるやつには殺される理由がある、か」

　ぴんときた。

　藤八もおみの同様、殺しを目撃してしまったのだ。

それ以外に、命を落とす理由は考えられない。

「勝手に想像するがいい」

「おみのの口を封じても、詮無いことだぞ」

「なぜ」

「この長尾勘兵衛が、おぬしを知ってしまったからよ」

「ぐふふ」

九戸は低く笑いながら、一歩間合いを詰めた。

「ここでおぬしが死ねば、ややこしいことにならずに済む」

「やってみな」

「よし」

九戸の痩軀が沈んだ刹那、ぐんと槍の穂先が伸びてきた。

予想を遥かに超えて捷《はや》い。

「くっ」

すかさず顔を避けたものの、鬢《ぴん》を浅く裂かれた。

ぶんと穂先が旋回し、野太い柄が撓りかえる。

「ふりゃ……っ」

仰けぞって回避したところへ、真っ向から石突きが落ちてきた。

咄嗟《とっさ》に、背中の十手を抜いた。

双手を伸ばして十字で受けた途端、磐のような重みがずんとのしかかってきた。

眼球の奥に火花が散り、月代《さかやき》の毛穴から汗が吹きだしてくる。

「くははは」

九戸は呵々《かか》と嗤い、ぱっと身をはなす。

勘兵衛は、座りこみたいところを我慢した。

「老い耄れのわりには、やりよるな。つぎに逢ったときは本気で懸からねばなるまい」

本気であれば殺られていたなと、素直におもった。

勘兵衛はすたすた歩いて拝殿へおもむき、目を瞑って両手をかさねあわせた。

「何を祈っておる」

「白髭神社は隅田川七福神のひとつでもある。寿老神を祀っておってな、天狗よりもそちらのほうがご利益がありそうだ」

「ふん、寿老神か。天寿を全うしたくば、二度とその面をみせるな。去るがよい、不浄役人め」

ここで仕留めずにおいたことを、九戸は後悔するにちがいない。

勘兵衛は踵をかえすと微かに笑い、ゆったり甃を歩みはじめた。

八

浅草の三社祭が終わると、雷門前に簑市《みのいち》が立つ。

近在の百姓たちが簑笠に臼に杵《きね》、鍬《くわ》や鎌などを売るのだ。

もうすぐ八十八夜の別れ霜、苗を植える季節がやってくる。

弥生二十日、早朝。

神田須田町の青物市場、下肥の入札場は張りつめた雰囲気につつまれていた。

村の代表である名主たちが良質の肥やしを求め、江戸近郊から大勢集まってきた。

稲垣庄左衛門は河岸を仕切る親分のように、鯔背《いなせ》髷《まげ》の得体の知れない取りまき連中をしたがえ、鼻息も荒くでんと鎮座している。

守護霊のごとく控えているのが、九戸玄蕃であった。

佐太郎は幸手の宿場へもどっておらず、今のところ行方は杳《よう》として知れない。

天竺屋で藤八の遺骸を目にして怖じ気づいたのか、あるいは、殺しの罪を着せられると察して雲隠れでもしたのか、どっちにしろ、おみのは捨てられたというのが鯉四郎や銀次の見方であった。

傷心のおみのは高熱を発したので、とりあえずは「福之湯」であずかってもらった。

熱が下がっても、帰るところはない。

おみのが情夫ともども逃げたと知り、神楽坂の妾宅は寿屋のおもんに借りあげられてしまった。

今ごろは別の妾が囲われているにちがいない。おみののような女はいくらでもいるし、妾をもちたいと願う小心者も江戸には掃いて捨てるほどいる。おもんに言わせると、つねに誰よりも早く先手を打たねば、生き馬の目を抜くようなこの世界で生きのこってはいけないらしい。

いまや、入札は佳境にはいりつつあった。

入札場を仕切るのは、お上から御墨付きを貰っている町役たちだ。

軽妙に口上を述べるのは、町役に雇われた香具師《やし》のようである。

「はてさて、これより競りにお掛けいたす黄金汁は本日の目玉、筑後国は久留米藩有馬《ありま》家二十二万石の勤番、水天様にござります」

「おお」

どよめきが起こり、円形に陣を張った名主や豪農が身を乗りだす。

蝦蟇顔の庄左衛門は余裕綽々《よゆうしゃくしゃく》の笑みを浮かべ、役人らしき男と何やら囁きあっている。

そうした一部始終を、勘兵衛は入札場の片隅から観察していた。

別段、法度に触れる競りをおこなっているわけではない。

黒羽織の不浄役人がいたところで、気に掛ける者もいなかった。

「はい、二百両、お声はありませんか」

「二百五十だ」

「出ました、そちらは」

「よし、二百六十」

競り値は小刻みにあがり、三百両に近づいてゆく。

これは「水天様」と名付けられた久留米藩上中下屋敷における三ヶ月ぶんの利権であった。二十二万石の雄藩だけに、汲みとる下肥の量も膨大なら、利権の額も想像を遥かに超えていた。

たとえば、三田の久留米藩上屋敷内にある水天宮の賽銭《さいせん》は、藩の台所を大いに潤していることで有名だが、その収入は年間千五百両といわれている。これを三ヶ月ぶんに均《なら》せば三百七十五両、汲みとりの利権は水天宮の賽銭収入に迫る勢いであった。

競り値は、ついに三百両を超えた。

庄左衛門は、まだいちども口をひらいていない。

泰然として動かず、鼻の穴をほじくりながら模様眺めをきめこんでいる。

「三百二十、お声は、お声は」

値動きが鈍くなった。

それでも、是が非でも「水天様」が欲しい名主は必死に喰いつく。

「三百二十一」

たった一両の上乗せ、失笑が洩れた。

「三百二十二」

ふたりに絞られたほうの片方が、また一両上乗せする。

ここで庄左衛門は頃合いやよしと見定め、入札場を揺るがすほどの大声音を発した。

「三百七十じゃ」

一瞬の静寂が訪れ、どよめきと歓声が沸きおこる。

勘兵衛は、入札場をあとにした。

「旦那」

銀次が、柳原《やなぎわら》土手《どて》のほうから呼びかけてくる。

筋違橋御門のそば、背には神田川が流れている。

土手に点々とつづく枝垂れ柳は、青々とした新枝を風に揺らしていた。

枝垂れ柳の陰には鯉四郎が潜み、三平は土手下の船着場で待機している。

「銀次、どうであった」

「へへ、ありやしたぜ」

「あったか」

「このとおり」

銀次は、塗りの一部が剝げかけた狂言面をうやうやしく差しだした。

「ほほう、それが髭天狗か」

「鬼の居ぬ間の何とやらで、留守番をとっちめて家蔵へ踏みこんだところ、奥の神棚に祀ってありやした。門倉さまにもご足労願い、ご本人の目できっちり確かめていただきやしたよ」

「鬼与力どのは何と申された」

「証拠としてはまだ弱い。されど、縄を打って連れてきさえすれば落としてみせると」

「そう仰せになられたか」

「はい、ただし、おおっぴらにゃできやせん。なにせ、相手は名主でやすから」

「わかっておるさ」

名主は貴重な米穀を生産する百姓たちを束ねている。人の上に立つ人格者とみなされているだけに、安易なことで裁くことはできない。町奉行所が派手な捕り物で縛につかせたとなると、名主を慕う農民たちから猛反発を食う危うさもあった。何かと都合が悪い。

勘兵衛は銀次から、髭天狗の面を受けとった。

「ふうん、ようできておるな」

「ついでに、こいつもどうぞ」

「渋団扇《しぶうちわ》か」

「縁起物でやす」

「なるほど、金比羅詣りの土産には丸亀名物の渋団扇」

「さようで、天狗に団扇はつきものでやんしょ」

「言われてみればそのとおりだ」

「九戸玄蕃が浪人になった理由、そいつも大筋はわかりやしたぜ」

「聞こうか」

槍の御前試合で、あやまって相手に深手を負わせた。それが原因《もと》で相手が亡くなったものだから、九戸は藩内に居づらくなった。妻に三行半《みくだりはん》をしたためてやり、娘といっしょに実家へ帰すと、みずからは家督を弟に譲って浪々の身となった。

「あとは転落の一途か」

「哀れな気もいたしやすが、なにせ、九戸は四人も殺めておりやす」

「同情の余地はねえ、やつは人殺しさ。土壇へおくらなくちゃならねえ野郎だ」

「そのとおりで」

「やつもほんとうは、死をのぞんでいるのかもしれねえな」

「それじゃ、旦那、段取りどおりに」

「ふむ」

「ご武運を祈っておりやす」

銀次の眼差しは、真剣そのものだった。

勘兵衛が鬢に金瘡を負ったのを知り、九戸玄蕃が尋常ならざる相手と察したのだ。

柳の陰に隠れた鯉四郎も、いつになく緊張していた。

あとは敵が嚢中《のうちゅう》の鼠となるのを待つだけ、心構えはできている。

九

半刻ほど経ち、悪党の御一行様が青物市場から退場してきた。

狙いの「水天様」を落札できたので、庄左衛門は上機嫌このうえない。

「よっしゃ、芸者をあげて呑むぞ」

などと、息巻いている。

すでに一杯はいっている様子で、赤ら顔の連中もまじっていた。

取りまきの先頭を闊歩しているのは、なんと幇間《ほうかん》に化けた銀次である。

「芸者なら柳橋でやんすな、いい妓を揃えてござんすよ。へ、柳橋なら柳原土手を歩んでいくのは野暮ってもんで、用意してござりますとも、舟ですね、へへ、そんじょそこらの舟じゃござんせんよ。なんとこれが十人乗りの鯨舟、本所廻りのお役人さまにお借りした代物だなんてね、真に受けてもらっちゃ困りますよ。ささ、旦那方、お足もとにお気を付けて」

御一行様は疑いもせずに、土手下の桟橋までやってきた。

「今日は朝から良いお日和で、神田川にゃ霞がたなびいておりますよ」

「まことだ、風流ではないか、のう、先生」

庄左衛門に「先生」と呼ばれた九戸玄蕃だけが、居心地の悪そうな顔をしている。

だが、この男でさえも、罠《わな》であることに勘づいてはいない。

庄左衛門の一行は、取りまき三人と九戸をくわえた五人でもって鯨舟に乗りこんだ。

纜《ともづな》が解かれ、舟がゆったり動きだす。

「いってらっしゃい、柳橋はすぐそこだ」

桟橋に残った連中といっしょに、銀次は舟を見送った。

鯨舟に屋根はない。

尖った舳先が川面を切った。

心なしか、舟の歩みは鈍い。

棹を操る船頭たちは「蟲《むし》」と呼ばれ、あってなきようなものだ。

怪しげな三人の気配を、九戸でさえも察することはできなかった。

良い塩梅《あんばい》に霞が分厚い衣となって、土手からの視界を隠している。

船頭たちは、棹をさす手をゆるめた。

「おい、急げ、早う芸者たちの顔がみたい、ぶほほほ」

笑いあげた庄左衛門の顔が、素焼きの蝦蟇のように固まった。

ふたりの船頭が棹を捨てさり、前後から躙《にじ》りよってきたのだ。

「おまえら、何をしておる」

舳先の船頭が頬被りを脱ぎすて、背中から十手を引きぬいた。

「寺島村名主稲垣庄左衛門、天竺屋藤八以下四名の殺しを命じたこと、明々白々である。

縛につくがよい、素直にしたがえば、さらし首だけは免じてつかわす」

「何を莫迦な。若僧、名を名乗れ」

「南町定廻り、末吉鯉四郎。あらがえば痛い目をみるぞ」

「しゃらくせえ」

取りまきのひとりが匕首《あいくち》を抜き、あたまから突きかかった。

鯉四郎はひらりと躱《かわ》し、男の脇腹を蹴りつける。

「ぬおっ」

男はからだをくの字に曲げ、真横に弾きだされた。

ばしゃっと、水飛沫《みずしぶき》があがった。

「くそったれ」

人相の悪いのがふたり、匕首を抜いて鯉四郎と対峙《たいじ》する。

「殺れ、殺っちまえ」

庄左衛門はわれを忘れ、背後から唾を飛ばしてけしかけた。

「おい、こっちをみろ」

こんどは艫のほうから、叱責の声が掛かった。

「名主のくせに、物騒なことを吐くもんじゃない」

頬被りを脱いだ船頭は、霜のまじった鬢を撫でつけた。

勘兵衛である。

「ちっ」

九戸玄蕃の舌打ちが聞こえた。

「性懲《しょうこ》りもなく、あらわれおって」

「おぬしらに、引導を渡さねばならぬでな」

勘兵衛のすぐうしろでは、三平が渋団扇をあおいでいる。

「金比羅さんがお怒りじゃ。悪党ども、おとなしく縛につけ」

「なにを、ふざけやがって」

庄左衛門は梨腹を叩き、九戸に顎をしゃくった。

「先生、よろしく頼みますぜ」

「ふむ、まかせておけ」

九戸は愛用の菊池槍を拾い、ゆらりと立ちあがった。

「長尾勘兵衛というたな、おぬしのことはちと調べさせてもらった。が、取りたててこれといったものはない。綽名《あだな》はうぽっぽ、吹けば飛ぶような臨時廻りにすぎぬ」

「そのとおり」

「わからぬな。不浄役人とは保身に長《た》けた生き物、得にならぬことはせぬものであろう。名主を捕らえて何の得がある」

「世の中から、悪党がひとり減る」

「その年で正義を振りかざすのか」

「振りかざしてなどおらぬわ。正義とは胸に秘めるべきものと心得ておる」

勘兵衛は毅然と発し、背中の十手を引きぬいた。

「九戸玄蕃、おぬしにも正義はあったはず。どこかで道を踏みはずしたな」

「なにを小癪な」

「縛につけ。さすれば武士らしく腹を切らせてやる」

「ぬはっ、どこまでも能天気な男よのう。忠告したはずだ、つぎに逢ったときは命がないと」

「おぼえておらぬわ」

「ぼけが」

九戸は一歩踏みだし、菊池槍を青眼に構えた。

足場は悪い。が、鍛えあげられた九戸の腰は微動だにしない。

「策士が策に溺れるとはこのこと。この霞だ、誰の目にも触れずに不浄役人を屠《ほふ》ることができるわ」

「どうかな」

「容赦はせぬぞ」

「のぞむところ。ほれ、ここを突け、突いてみるがよい」

勘兵衛は間合いを詰め、わざと左の胸を迫りだした。

「くりゃ……っ」

気合一声、槍の穂先が霞を裂いた。

ぐんと、左胸に伸びてくる。

捷い。

それでも、勘兵衛には躱す自信があった。

「甘いわ」

見切ったつもりの結界は破られ、鋭利な穂先が突きだされた。

「死ね」

とんと左胸を突かれた刹那、勘兵衛は右手を振った。

十手を投げたのである。

銀流しの十手は筋を曳き、先端が眉間をとらえた。

「うっ」

九戸が槍の柄を放す。

穂先は勘兵衛の胸に突きたったままだ。

ぶっと、血が噴いた。

九戸玄蕃が眉間を割り、白目を剝きながら大の字に倒れてゆく。

大揺れに揺れる船縁をつかみ、庄左衛門は震えていた。

「ま、待て、待ってくれ……」

すでに、取りまきたちは船上にいない。

鯉四郎が全員を川に抛りなげていた。

「……待ってくれ、金なら、金ならいくらでもやる」

拝みつづける名主に、勘兵衛は罵声《ばせい》を浴びせかけた。

「この糞野郎め、誰にむかってものを言ってやがる」

「ひっ」

「鯉四郎、縄を打て」

「は」

勘兵衛は命じつつ、船底に片膝をついた。

槍に裂かれた野良着を破くと、左胸に髭天狗の面があてがわれている。

穂先は面の眉間を貫き、皮膚に浅く刺さっていた。

金瘡が浅いわりに、流れる血の量は多い。

「長尾さま、だいじござりませぬか」

「ちと痛いな」

槍で突かれた痛みよりも、九戸を土壇へおくらねばならぬ痛みをわずかに感じた。

「長尾さま」

「案ずるな。鯉四郎、柳橋から大川をぐるりとまわり、数寄屋橋へまいろうぞ」

「かしこまりました」

大川から箱崎にはいり、八丁堀を迂回して京橋川から濠内の数寄屋橋門へむかうのだ。門内にある南町奉行所の勝手口へ罪人どもを抛りこめば、あとは吟味方与力の門倉角左衛門が上手に裁いてくれるはずだ。門倉を通して奉行の根岸肥前守には、すでに、はなしは通っていた。

「三平、棹をさせ」

「合点で」

衣を脱ぐように霞が晴れた。

鯨舟は神田川を軽快に滑り、柳橋のさきから大川へ躍りでた。

十

八重桜も散り、新緑の季節がやってきた。

牛込御門の濠端に咲く鮮やかな黄色は一重の山吹、耳を澄ませば蛙の鳴き声が聞こえてくる。

勘兵衛は黒紋付きの袷《あわせ》を小粋に羽織り、縞の着流しの裾を割って「寿屋」の敷居をまたいだ。

「ごめんよ、女将はいるかい」

帳場に座った尻の重そうな大年増が、眉のない顔をむけた。

鼻はつんとうえをむいているものの、愛くるしい顔の女だ。

「あら、うぽっぽの旦那」

「久しぶりだな、おもん」

「七年ぶりですよ。旦那っておひとも存外に意気地のない男だね」

「のっけから恨み言か」

「恨み言のひとつも言わせとくれ」

おもんは伝法肌《でんぽうはだ》な物言いをして、にっと鉄漿《おはぐろ》を剝いた。

「十年前、あたしの情夫は他人様を騙《だま》して盗みをはたらき、旦那に縄を打たれた。ほんとうなら打ち首のところを、旦那の口利きで八丈島に流していただいた。あのときの御恩は生涯忘れやしませんよ、あたしもただの女じゃない、俠気《きょうき》を売りにする博打打ちの娘ですからね」

おもんはそれだけ喋ると肩の力を抜き、勘兵衛に座布団をすすめた。

「あのころ、月にいちどは様子をみにきてくれましたね。八丈からの便りなんぞを届けていただいたこともあったっけ。あのひとが島で往生したって報もお伝えいただき、元気づけてもらいましたよ。それから半年経って、哀しみも癒えたころ、あたしが酔った勢いで膝にしなだれかかった夜を境に、旦那はぷっつり顔をみせなくなっちまった。恨みましたよ、なんて薄情なおひとだろうってね」

「おぬしを抱いたわけではない」

「その気になったじゃありませんか」

「おぼえちゃいねえな、ふるいはなしだ」

「おや、喋りがぞんざいになったよ。そいつは旦那の照れ隠しだって、あたしゃ知っているんだから」

「自分で縄にした野郎の情婦には、死んでも手を出しちゃならねえ。それをやったら十手持ちは仕舞えだ。おれはな、おもん、ぞろっぺいな男にだけはなりたくなかったのさ」

「なりゃよかったのに」

「へ」

「ほら、驚いた。鳩が豆鉄砲食らったようなそのお顔、むかしとぜんぜん変わってない」

「からかったのか」

「ええ、そうですよ」

「まんまと引っかかるところだった」

「ひとを女郎蜘蛛《じょろうぐも》みたいに仰《おっしゃ》らないでくださいな」

「ふふ、おめえ、四十を超えて色気に磨きが掛かったな」

「あら、嬉し」

おもんは、ぽっと頬を赤らめた。

「忘れていましたよ。お茶でも淹《い》れて差しあげましょ」

「気を遣うな」

おもんは聞こえぬふりをして奥へ引っこみ、湯気の立った茶を盆に載せてもどってきた。

「宇治茶ですよ、旦那のお好きな」

「ほう、そうかい」

勘兵衛はずずっと茶を啜り、両手を茶碗で温めた。

「おもん、おめえにゃ礼を言わなくちゃならねえ」

「どうして」

「銀次に聞いた。佐太郎は、おめえのところで厄介《やっかい》になっていたって話じゃねえか」

「旦那、そんなこと仰って、佐太郎さんの顔も知らないんでしょ」

「まあな」

「顔も知らない相手のことを案じるだなんて、旦那らしい」

銀次によれば、幸手宿から舞いもどった佐太郎は、七つ屋で藤八が殺られるところに出くわしたという。九戸玄蕃に追われて逃げに逃げ、目抜きどおりの四つ辻を突っきろうとしたところで、真横から奔《はし》ってきた大八車に撥ねとばされた。

そのあとは、どこをどうほっつき歩いたのかもわからぬまま、佐太郎は血だらけの恰好で「寿屋」にあらわれた。敷居をまたいだ途端に気を失い、三日三晩、生死の狭間をさまよったのである。

「佐太郎さんは腕の良い板前でしてね。あたしもこんな商売をやっているものだから、江戸の料理茶屋にはちょっと詳しい、佐太郎さんのことは、従前から存じあげていたんですよ」

「そうだってな、銀次に聞いたぜ」

「佐太郎さんは一本気なだけに、まちがいも起こしがちだった。上方へ行っちまったと聞いて、がっかりしたもんです」

ところが一年も経たないうちに、佐太郎は江戸へ舞いもどってきた。そして、まっさきに「寿屋」を訪ねた。おみのが妾になったと聞き、おもんのもとへ怒鳴りこんできたのだという。

「たしかに、あの娘がみの吉って名で三味を弾いていたころ、佐太郎さんと恋仲だったってのは聞いていましたよ。けど、佐太郎さんはおみのを抛って上方へ行っちまったんだ、こっちが怒鳴られる筋合いのはなしじゃござんせん」

「おめえの言うとおりだ」

「あたしは佐太郎さんを叱ったんです。おみのに逢っちゃいけない、あの娘はやっとあきらめがついたところなんだからってね。諄々《じゅんじゅん》と諭したら、わかってくれた様子だった。でも、わかっちゃいなかったんだ。焼け木杭に火が点いて、こっちはとんだ迷惑をこうむりましたよ。でもね、旦那、あたしにゃあのふたりを責められない、惚れちまった者同士のことだからね」

「佐太郎にゃ、おめえが観音さまにもみえただろうよ」

「運のない男にあたまをさげられ、ほかに頼るところもないと言われりゃ、助けてやりたくなるのが人の情けってもんです」

おもんは佐太郎に請われ、若い連中におみのの行方を捜させた。

そして、銀次のもとで世話になっているのを突きとめた。

「佐太郎さんは迎えにいくと言いはったけど、あたしが止めたんですよ。のこのこ出ていきゃ七つ屋殺しの下手人にされちまうからってね。でも、何日か経って、この一件に旦那が絡んでいるって知った。佐太郎さんにもまだ運の欠片《かけら》がのこっていたと、あたしゃ小躍りしたんですよ」

願い事を真夜中の月に祈ればかなうという二十三夜、佐太郎はひょっこり「福之湯」へあらわれた。

「そろそろ、おみのを安心させておやりな、そう言って背中を押したんですよ」

「この御恩に報いるには一生かかって償うしかねえと、佐太郎は銀次に告げたそうだ」

「ええ、聞きましたよ。だったら、どんなふうに償うんだいって、ふたりをここにならべて叱りつけてやったんです」

「ほう」

「そしたら佐太郎のやつ、自分を拾ってくれる人間は江戸にゃもうひとりもいねえだなんて、泣き言を吐いたんですよ」

「それで、おめえは何て」

「裸一貫、一から出直せって言ってやりました」

「なかなか言える台詞じゃねえな。おめえにそう言ってもらったんなら、もう何も心配はいらねえ」

「旦那はふたりのことが心配で、事の顚末を聞きにいらしたんですね」

「心中でもされたら、始末におえねえからな。ありがとうよ、おかげさんで良い茶飲み話を聞かせてもらったぜ」

「旦那、ちょいとそのあたりまで歩きませんか」

「ん」

「ちょうど小腹も空いてきた。七年ぶりに付きあってくださいな」

勘兵衛は断ることもできず、ことりと茶碗を置いた。

店を出ると、おもんが嬉しそうに腕を絡めてきた。

「すこしくらい、ね、いいでしょ、こうさせてくださいな」

気恥ずかしいうえに、歩きにくくて仕方ない。

人目を気にしながら、何とか神楽坂を登りきった。

「おもん、どこまで行く」

「そこを右に曲がって、軽子坂《かるこざか》の四つ辻へ」

網目のような露地をすすみ、ふたりは軽子坂へむかった。

この界隈はちょっとした花街で、芸妓の置屋があったりもする。

店先に打ち水をする女に出くわすと、勘兵衛は亀のように首をすくめた。

やがて、ふたりは四つ辻へやってきた。

「だいぶ歩いたな、そろそろ腕を放してくれ」

「いやですよ、旦那、ほらあれ」

「お、鮨《すし》の屋台か」

「こはだ鮨でも馳走してくださいな」

「お安い御用だ」

おもんは腕を放し、弾んだ足取りで屋台へむかった。

「お兄さん、こはだを握っとくれ」

「へい」

元気に返事をしてみせたのは、三十なかばの男だ。

がたいは大きく、鰓は張っているものの、なかなかの色男である。

なあんだ、こいつが目当てだったのかと察し、勘兵衛はすこし悋気を抱いた。

「これはどうも、寿屋の女将さん」

色男が驚いた顔をしてみせ、深々とお辞儀をする。

やはり、馴染みのようだ。

「おまえさんが、この界隈を流しているって聞いてね。運が良ければ逢えるかもって、そうおもったのさ」

「ありがとう存じます」

「ご紹介申しあげようね。こちらが、うぼっぽの旦那だよ。はなしてやったろう、捨てる神あれば拾う神あり、生きることをあきらめちゃいけないってね、あたしに教えてくれた恩人の旦那だよ」

男は鮨を握る手を止め、なぜか眸子を潤ませた。

「辛気くさい顔はおやめ。お酒もひとつ、つけとくれよ」

「へえ」

そこへ、裏で片づけものをしていた女が顔を出した。

「あっ、長尾さま」

と、息を吞む。

おみのであった。

米搗《こめつ》き飛蝗《ばった》のようにお辞儀をし、急いで酒の仕度にとりかかる。

勘兵衛は、ぽかんとあけた口を閉じた。

「するってえと、おめえは佐太郎か」

「へい」

「なあんだ、おもんも人がわるいな」

「旦那、親切も過ぎるとお節介になるっていうけどね」

「おめえ、こいつに屋台を借りる金を貸してやったのか。ふん、どうせ出世払いなんだろう」

「佐太郎さんはね、そんじょそこらの若僧とはちがいます、きっちり修業を積んだ包丁人だ。博打をやめて性根を入れかえる、おみのともども一から出直してみせる、はっきりとそう約束してくれたんですよ。いずれ、江戸でいちばんの板前になって恩返ししてくれるでしょうよ」

「ふふ、おめえが言うんなら、まちげえねえ。佐太郎、よかったな」

「へい」

こはだの握りと酒が出された。

勘兵衛はおもんの盃に酒を注ぎ、こはだを口に抛りこんだ。

佐太郎は黙々と鮨を握り、おみのは小娘のようにべしょべしょ泣いている。

「おもんよ」

「何ですか」

「美味えこはだじゃねえか」

「たった八文ですよ」

「屋台で食うのはもったいねえな」

「さ、旦那、あたしにも注がせてくださいな」

「おう」

安囲いの旦那たちを失ったおみのにも、妾口を紹介したおもんにも、罪の意識は消えずに残っているにちがいない。

それでも、勘兵衛は久しぶりに美味い酒を呑んだような気がした。

あばら一寸

一

銀次が丁寧に刈りこんでくれた垣根は、夜空に瞬く満天の星のように白い花をつけた。

庭に植えた海棠《かいどう》は薄紅色の優雅な花を咲かせている。

雁と交替に燕が飛来し、杜鵑《ほととぎす》の初音も聞いた。

人々は着物から綿をぬき、軽くなった袷《あわせ》に袖をとおしている。

簀戸門《すどもん》をくぐって外へ出れば、表通りから「もえぎのかやあ」と、蚊帳《かや》売りの声が聞こえてくる。

卯月《うづき》、江戸には夏が訪れようとしていた。

勘兵衛は堀川に架かった地蔵橋を渡り、提灯掛け横丁を突っきって楓川《かえでがわ》の土手へむかった。

坂本町の角から海賊《かいぞく》橋を渡り、江戸橋南詰めの鍔店《つばだな》まで足を延ばそうとおもったのだ。

昼の八つを過ぎても陽は高い。

ここ数日、晴天がつづいていた。

土手に咲いた金鳳花《きんぽうげ》が涼風に揺れている。

何気なく河原に目を遣ると、つぎはぎの着物を纏《まと》った小僧が一心不乱に小石を投げていた。

「印地打《いんじう》ちか」

勘兵衛は切れ長の眸子《まなこ》を細め、嬉しそうに微笑んだ。

「ちとからかってやるか」

河原に降りて小石を拾い、小僧のそばへ近づいてゆく。

「よう」

小さな背中に呼びかけると、きかん気な洟垂《はなた》れ顔で睨《にら》まれた。

小僧は扁平の石を握りしめ、口を真一文字に結んでいる。

「的はあれか」

勘兵衛が顎《あご》をしゃくると、小僧はこっくり頷《うなず》いた。

十間ほどさきに、欠け茶碗が置いてある。

「ぼうず、石を何個投げた」

「四十二」

「よく数えたな」

「昨日は八十八まで数えて陽が暮れた」

「ほほう、そいつは見上げた根性だ」

「別に偉かないさ。当たった例《ため》しがないもん」

「そうか。よし、おっちゃんにやらせてみろ」

「いいよ」

勘兵衛は羽織を脱ぎ、右袖をたくしあげた。

右手には小石を握っている。

「ぼうず、年はいくつだ」

「十」

「名は」

「吹越《ふきこし》平一郎《へいいちろう》」

「父は侍か」

「天竺浪人《てんじくろうにん》だよ、長屋の連中がそう言ってた」

「ふふ、おもしろいぼうずだな、どこに住んでおる」

「左内町の善助店《ぜんすけだな》さ」

「よし、おっちゃんの印地打ちをようくみておけ」

「うん」

勘兵衛は右足に体重を掛け、左膝をすっともちあげた。

的を見下ろしながら両腕を開き、繰りだした左の爪先を地面につく。

と同時に溜めた腰を捻《ひね》りつつ、右腕を横手から鞭《むち》のように撓《しな》らせた。

「それ」

小石は低空に精緻な軌跡を描き、つぎの瞬間、茶碗を粉微塵《こなみじん》に砕いてみせた。

「す、すげえ」

平一郎は瞳を煌《きら》めかせ、羨望《せんぼう》の眼差しをむけてくる。

勘兵衛はにっこり笑い、前髪の伸びたあたまを撫《な》でてやった。

「毎日二百個ずつ投げてみな。三月《みつき》もつづけりゃ上手くなる」

「うん、やってみるよ」

「良い子だ」

平一郎に別れを告げ、勘兵衛は海賊橋を渡った。

対岸は江戸橋の南詰め、楓川と日本橋川の交叉する土手際には蔵屋敷が建ちならび、日本橋の広小路へつづく土手蔵前の大路には水茶屋や床見世が軒をならべている。

鍔店は大路のひとつ手前、本材木《ほんざいもく》町一丁目から元四日市《もとよっかいち》町にかけての往来を指し、刀剣の鍔や三所物《みところもの》（小柄、目貫、笄《こうがい》）を売る道具屋で埋まっていた。

勘兵衛には、鍔の蒐集《しゅうしゅう》癖があった。

本身や拵《こしら》えはどうでもよいが、鍔にだけは興味が湧く。

たかだか三寸足らずの面上に、職人の工夫と技が凝縮されている。ことに鉄の透かし鍔がおもしろい。蟹、車、浪、月、竹、木瓜《ぼけ》、家紋、判物《はんじもの》と何でもござれ、あくまでも実用を主眼に置いた造形の妙に惹《ひ》かれるのだ。

店をひやかすだけでも楽しい。たまにこうして鍔店を訪れるのは、掘りだし物に出くわすことがあるからだ。

通りはいつ来ても賑《にぎ》わっている。

侍だけでなく、町人髷《ちょうにんまげ》の好事家《こうずか》も多い。

女っ気がないので華やかさに欠けるものの、そこがまた気に入っている。

勘兵衛は床見世のひとつひとつをじっくりみてまわり、気に入った品物をいくつかみつけた。が、おいそれと手は出せない。古くて状態の良い物は、けっこう値が張るのだ。

決めかねていると、通りの反対側から声が掛かった。

「旦那、うぽっぽの旦那」

えびす顔で手招きしてみせるのは、還暦を過ぎた道具屋の親爺である。

「よう、鉄五郎《てつごろう》」

床見世の招牌《まねき》には「因幡屋《いなばや》」とあった。

因幡屋鉄五郎はたしかな鑑識眼をもつ道具屋だが、相手が素人とみれば安物を法外な値で売る小悪党でもある。

「旦那、よいところへおいでなすった。ささ、こちらへ」

丁重に誘われ、薄暗い床見世の敷居をまたいだ。

「出物か」

「へへ、出物も出物、そんじょそこらの品とはちがう」

鉄五郎は顎を突きだし、にっと笑った。

前歯が欠けているので、不気味な感じだ。

「四半刻《しはんとき》前にゃ、ここになかった逸品です」

上がり框《かまち》に座ると、鉄五郎は茶を淹《い》れに立った。

「焦らすな、出がらしの茶などいらぬぞ」

「旦那、出物ってのは柳生鍔《やぎゅうつば》ですよ」

「ほう」

「それも三十六歌仙のひとつ、笹の雪」

「まさか」

和歌になぞらえた柳生鍔三十六歌仙は、柳生家最強の剣士にして「尾張の麒麟児《きりんじ》」と謳《うた》われた連也斎《れんやさい》厳包《としかね》によって考案された。ほとんどが柳生新陰流の極意を造形に転じたものといわれ、連也斎の口伝《くでん》をまとめた図案に基づき、本人の死後、柳生家が京の有名な金具師に依頼して実際に少量ずつ鍔をつくらせた。

「ただし、三十六枚の図案から五枚が紛失していたことは広く知られてございます」

「岩月に笹蟹、籠浪に信玄木瓜、そして笹の雪」

「さすがは旦那、よくご存じで」

五種類の図案は極意の漏洩を恐れた何者かによって処分された、ともいわれているが、じつは宗家に伝承された裏図案に基づき、密《ひそ》かに鍔が五枚ずつ製作されたとも噂されていた。

「いまだ、一枚も世に出てはおらぬ」

「まさに幻の鍔、なかでも連也斎の脇差しに使用された笹の雪が出たとなれば、これは驚き桃の木にござりましょう」

「なれど、図案を知る者とてなし、どうやって真贋《しんがん》を判別するのだ」

「銘が打たれてござります」

「誰の」

連也斎の幼名、兵助《ひょうすけ》から一字をとって「兵」の銘が鑽《き》られているという。

「箱書きもござりますよ、上蓋の裏に柳生家の花押《かおう》がはっきりと」

「ふうん」

「手前の申すことが信用ならぬと仰《おっしゃ》るなら、然るべき鑑定家におみせいただいても結構です」

「よし、とにもかくにも拝見しよう」

「ただいま」

鉄五郎は腰をあげ、棚の奥から袱紗《ふくさ》に包まれた箱を携えてきた。

「みてもよいのか」

「もちろんですとも」

勘兵衛が垂涎《すいぜん》の面持ちで袱紗を取ると、古めかしい四角い桐箱があらわれた。

上蓋を外し、まずは箱書きを確かめてみる。

なるほど、本物であることを証明する口上が記されてあった。

肝心の鍔は、黄ばんだ奉書紙に包まれている。

期待に胸を膨《ふく》らませつつ、紙をひらいてみた。

「お」

柳生鍔ならば、透かしの丸鍔であろうと想像したが、ちがっていた。

四隅に面取りのなされた正方形の鍔で、雪に覆われた竹笹が透かし抜きで見事に表現されている。

「百年前のお品です。見事な細工にござりましょう」

幻の柳生鍔でなくとも、逸品にまちがいない。

「ふうむ」

勘兵衛はことばも忘れ、ただ、唸《うな》った。

が、どこかおかしい。

穴があくほど眺めてみる。

「ん、これは」

「どうなされました」

「表面を塗りなおしたな」

「え」

「素人は騙《だま》せても、わしは騙されぬぞ。傷か錆をごまかすため巧妙に塗りなおしてある。そうであろう」

鉄五郎は溜息を洩らし、赤啄木鳥《あかげら》のように「くけけけ」と笑ってみせた。

「さすがは旦那、よく見破られましたな」

「おぬしがやったのか」

「いいえ、これを携えてきたご本人ですよ」

「ほう」

「どのようなお方か、お知りになりたいでしょう」

「ふん、まあな」

「ご浪人です。年は四十二の本厄、昨夏までは庄内に住んでおられたが、大地震《おおない》で象潟《きさかた》の町が地中に消えてなくなり、奥方さまと幼い娘御を亡くされたのだそうです」

「それは気の毒な」

「九つの嫡男を連れて晩秋の奥州路をたどり、とりあえずは江戸へやってきた。蓄えもなく、内職で食いつないできたものの、ついに滞った店賃が払えなくなり、伝来の家宝を売りたいと申されましてな」

「それがこの柳生鍔か」

「はい。あの浪人者、見事にうらぶれてはおりますが、きっと名のある武芸者にまちがいございません。なにせ背筋の張りがちがう」

「姓名は」

「吹越平内《へいない》」

と聞いて、勘兵衛は驚いた。

「どうなされました」

「いや、別に」

「これも笹の雪が結びつけた縁《えにし》にござりましょう。吹越さまが去られたすぐあとに長尾の旦那がおみえになった」

「鉄五郎、おぬし、これをいくらで買った」

「それは申せませぬ、こちらも商売ですから」

「いくらで売る」

「そうですな。塗りなおしたとは申せ、なにしろ幻の柳生鍔」

「能書きはよい、いくらだ」

「ほかならぬ旦那のこと、きりのよいところで二十両、いかがでしょうな」

鉄五郎は、干涸《ひか》らびた唇《くち》もとを嘗《な》めた。

刹那《せつな》、勘兵衛の怒声が飛んだ。

「ふざけんじゃねえ、吹っかけやがって」

店を飛びだし、うしろもみずに大股で歩みだす。

欲しい品物なだけに、なおさら腹も立った。

二十両なぞという大金は、どう転んでも捻出できない。袖の下をせっせと貯めこむか、手っとりばやく盗人《ぬすっと》にでもなるか、幻の鍔を手に入れるにはふたつにひとつしか方法はなさそうだ。

「風呂にでも浸かって忘れよう」

ともおもったが、海賊橋まで戻ってきたところで、勘兵衛は踵《きびす》を返した。

どうにも、吹越平内なる男のことが気になって仕方ない。

気づいてみれば、左内町の善助店へ足をむけていた。

二

往来に長い影が伸びた。

杏色《あんずいろ》の夕陽が千代田城の甍《いらか》を赤く染めている。

勘兵衛は腰に差した大刀の柄に左袖をちょんとのせ、暢気《のんき》な顔で善助店の裏木戸をくぐった。

露地をすすむと井戸端に集まった嬶《かか》ァどもが喋《しゃべ》りをやめ、怪訝《けげん》な顔をむけてくる。

「すまぬが、吹越平内さんの部屋を教えてくれぬか」

しゃこ髷の嬶ァに尋ねると、薄暗い吹きだまりを指差した。

吹越平内はどうやら、総後架《そうこうか》と背中合わせの部屋を借りているらしい。

屎尿《しにょう》の臭いに鼻をつまみながら、勘兵衛は腰高障子のまえに立った。

「どなたかな」

すかさず、誰何《すいか》された。

障子のむこうで、刀をつかんだ気配がある。

「怪しいものではない。長尾勘兵衛と申す」

「何か」

「笹の雪について、もそっと詳しくお尋ねしたい」

近づいた気配もないのに、障子戸がすっとひらいた。

「どうぞ、と申したところで、座るところもござらぬが」

「ふむ、そのようだな」

畳から土間にいたるまで、骨だけの唐傘が積んである。

そこいらじゅうに竹の削《けず》り屑《くず》が散乱し、足の踏み場もない。

「古傘の骨を削って五十文、やっと良い内職にありつきましてな」

男はひどく痩せており、顴骨《かんこつ》が張りだしていた。

顔色も優れず、伸びきった月代《さかやき》と無精髭《ぶしょうひげ》が鬱陶《うっとう》しい。

ただ、眼差しだけは涼やかで、語り口も落ちついている。

鉄五郎はああ言ったが、とても武芸者にはみえなかった。奉行所内でいえば、当てはまるのは書役《かきやく》あたりだろう。罪人の口書きを黙々と帳面に書きとめ、夕暮れになると人知れず帰ってゆく。あくまでも控えめで、けっして目立とうとしない。そんな男にみえる。

「ここにでもどうぞ」

吹越は薄汚れた手で、板間の削り屑を払いのけた。

「では、遠慮なく」

腰をおろしたところで、茶が出てくるでもなければ、ことばも出てこない。

勘兵衛は部屋をぐるりとみまわし、荒神棚に目を留めた。

平皿にのせた大根が、淡く紫がかった十字の花を咲かせている。

「あれは」

「ご近所のお裾分けです。五分は煮付けにして食い、四分は漬け物にしました」

「残った一分に薹《とう》が立ち、花が咲くとはめずらしい」

「そうですか」

吹越は影のごとく壁際に佇《たたず》み、眼差しをやや下げた。

こほんと、勘兵衛は空咳を放った。

「このとおり十手持ちだが、お気になさらぬように。じつは、好きで透かし鍔を集めておりましてな、因幡屋から笹の雪を買わぬかともちかけられたのです。無礼を承知でお尋ねするが、あれをいくらで手放された」

「一両です」

「まことか、それはひどいな。鉄五郎には二十両と言われましたぞ」

「そうですか」

「おや、驚いたご様子もない」

「商人なら一文でも高く売ろうとするでしょう。もはや、笹の雪はわたしの物ではござらぬ」

「それは潔《いさぎよ》い。ところで、あれは本物ですか」

「無論です」

そこに関してだけは文句をいわせぬ、隠然とした迫力がある。

勘兵衛は追及の二の矢をつがえそこねた。

あれが本物なら二十両は安い。鉄五郎も偽物と見込んだうえで、吹っかけてきたのだ。

「それにしても、一両とは欲がなさすぎる」

「今の拙者にとって、一両は百両にも値します」

「なるほど、これは失礼。ところで、庄内の大地震をご経験なされたとか」

「しました、尋常ならざる経験にござった。一瞬にして大地に亀裂がはいり、人も家も町すらも呑みこまれてしまった。そして、妻と娘も……呑みこまれてしまいよった」

吹越は遠い目で語り、静かに息を吐いた。

「すまぬが、そろそろ部屋を空けねばなりませぬ」

「今から、お出掛けですか」

勘兵衛の目が鈍い光を放った。

昨今の江戸は物騒このうえなく、辻強盗や勾引《かどわかし》が横行している。

吹越はさらりと言ってのけた。

「蠟燭《ろうそく》の流れ買いをやっております」

「ほう」

蠟燭は貴重なので、溶けだした蠟涙《ろうるい》を掻《か》きあつめて再生する。流れ買いを生業にする者は秤《はかり》を携えて番町などの武家屋敷をまわり、仏壇や手燭《てしょく》に溜まった蠟涙を安値で買い、問屋へもちこむ。再生された蠟のかたまりは、蠟燭以外にも引戸の溝に塗って滑りをよくしたり、木工品の艶出《つやだ》しなどに用いられた。

「意外におもわれるかもしれぬが、蠟涙は昼よりも夜のほうが集まります。酔った家人が使いかけの燈明《とうみょう》をくれたりもする」

「おぬし、寝る暇がないではないか」

「食うためです、仕方ありませんよ」

「しかしなぜ、よりによって蠟涙集めなんぞを……いや、それと申すのも、むかし捕まえた盗人に蠟燭の流れ買いがおりましてな、そやつは番町の絵図を隅から隅まで脳裏に描くことができた」

「それはすごい。拙者にとって番町は樹海のごときもの、いちど迷いこんだら抜けるのに苦労する」

「樹海とは言い得て妙だな」

「それで、盗人はどうなりましたか」

吹越は興味を惹かれたらしく、薄い口端をわずかに吊《つ》りあげた。

「武家屋敷から小金を盗んでは抜け裏から抜け裏へ、そやつは追っ手を嘲笑《あざわら》うように逃げのびておりました。これは容易なことでは捕まらぬぞと匙《さじ》を投げかけた矢先、盗人めは浅はかにも墓穴を掘った」

裏四番丁は富士見坂のそばに、成田《なりた》某という小禄の旗本屋敷があった。姑は惚《ぼ》けがひどく、蠟涙を集めにくる盗人に真新しい燈明をいつも分けてくれていた。盗人はその旗本屋敷に狙いを定めて忍びこみ、深更、たまさか厠《かわや》へ起きてきた姑に見咎《みとが》められた。

「いかにも怪しい柿色装束であったにもかかわらず、姑は手燭を掲げて盗人めの顔をまじまじと眺め、真新しい燈明をもってくるからすこし待っていなさいと、澄まし顔で言ってのけた。一方、盗人のほうはといえば、逃げればよいのに待つことにした。どうせ惚けた姑のやることと、高をくっていたのでしょう。ところが、姑は待てど暮らせど戻ってこない。四半刻ほどすると、屋敷の周囲は数多《あまた》の御用提灯に取りかこまれた」

「おもしろい」

「落《お》とし噺《ばなし》ではなく、実話ですよ」

気分がほぐれたのか、吹越の口はすこし滑らかになった。

「蠟涙を集めようとおもいたったのには、理由がござる。今から十余年前、流浪の旅の途上で因幡の地に滞在する機会を得ましてな」

「あっ、そうか」

因幡は蠟燭の一大産地だ。蠟燭は櫨《はぜ》の実を原料とする。櫨は漆の高木で秋に灰黄色の実を結ぶ。因幡鳥取藩（三十二万石）は櫨の育成から蠟燭の生産ならびに卸売りまでをおこない、台所を潤してきた。

「そういえば、鉄五郎の出自も因幡だったな」

「鍔店を歩んでいたら、招牌《まねき》が目に飛びこみました」

「それは不運」

「詮無いことです」

勘兵衛はさきほどから、壁に立てかけられた吹越の大小が気になって仕方なかった。

脇差しに鍔が無いのだ。

「手放された笹の雪、もしや、脇差しに使用なされておったのか」

「ええ、まあ」

そもそも、笹の雪とは斬れ味の良い刀のこと、笹に積もった雪がすぐ落ちるように首や胴が落ちる様子から、そう喩《たと》えられる。

さぞや、本身の斬れ味も良いのだろうと、勘兵衛はおもった。

ふと、大刀の鍔も気になった。

機敏に察した吹越が、厳しい顔で洩らす。

「ご覧になりますか」

「え、よろしいのか」

「どうぞ」

吹越は大刀を黒鞘《くろざや》ごと渡してくれた。

これは、よほどのことだ。

勘兵衛は丁重に本身を受けとり、おやっという顔をした。

軽いのだ。

「竹光ですよ」

さらりと、吹越は言ってのける。

「なるほど」

それは結構としか、勘兵衛には言えない。

つぎに、鍔をみた。

四隅に面取りのなされた正方形の透かし鍔だ。

「お、これは……籠釣瓶《かごつるべ》ですか」

籠釣瓶とは「水もたまらぬ」という謎掛けから、笹の雪と同様、斬れ味の鋭い刀のことをさす。

「さよう、笹の雪とは姉妹の籠釣瓶。ただし、柳生鍔三十六歌仙にはござらぬ」

ないだけに貴重な、好事家にとっては垂涎の品であろう。

かほどの逸品を受けつぎながら、鞘の中身は竹光であるという。おおかた、脇差しの中身も竹光にちがいない。食うために本身を売り、いよいよ、鍔も売らねばならなくなったのだ。

「かたじけない、目の保養をさせてもろうた」

勘兵衛は腰をあげた。

「すっかり長居してしまいましたな。では、このあたりでお暇《いとま》いたそう」

戸外へ一歩踏みだしたところへ、小僧が風のように駆けこんできた。

平一郎だ。こちらを顧みようともせず、土間に立つ父の面前へすすみでる。

「父上、ただ今もどりました」

「遅い」

平内は一喝し、鬼のような形相で子を睨みつけた。

「空樽を何個あつめたのだ」

「四十二個です」

「少ないぞ、道草はしておらんだろうな」

「はい」

会話から推すと、平一郎は家計を助けるべく、町じゅうを歩きまわって空の酒樽を集めているようだった。

酒屋へ売っても樽ひとつで一文にしかならない。そこは遊びたい盛りの男の子のこと、樽拾いに飽きて河原で印地打ちをやりたくなる気持ちはよくわかる。なにやら、可哀想な気がした。

平一郎は勘兵衛に気づき、一瞬、驚いた顔をした。

勘兵衛は素知らぬふりをして、平内に笑いかける。

「立派なご嫡男がおありだったのですな。されば、これにて」

大人同士が礼を交わす様子を、平一郎は黙ってみつめていた。

勘兵衛は、すっかり暗くなった露地裏に重い足を引きずった。

毎夜、父は蠟燭の流れ買いに出掛け、子はひとりで冷えた飯を食う。侍の意地も誇りも捨て、ただ、食うためだけに父と子は必死になっているのだ。

侘《わ》びしすぎて、居たたまれない気分になる。

勘兵衛は、裏木戸をくぐった。

木戸番の脇に、鏡磨きの老人がうずくまっていた。

ぎょっとして立ちどまり、老人の皺顔《しわがお》を覗《のぞ》きこむ。

「そんな暗いところで、よく仕事ができるな」

「暗いほうが、集中できますさあ」

「そんなもんかい」

「そんなもんです。いってえ、このお方はどうやって生きてきたんだろうってね、お客さまの生きざまを想像しながら、鏡を磨くんでさあ。そうすりゃ、あっしは他人様の人生も生きた気になる。鏡を磨くだけの詰まらねえ人生が、まんざらでもねえようにおもえてくるんだ」

「親爺さん、名は」

「へ、重吉《じゅうきち》と申しやす」

「このあたりで見掛けぬ顔だな」

「詰まらねえ流れ者でごぜえやすよ」

「そうかい、ま、あんまり根《こん》をつめぬことだ。それから、辻斬りには気をつけな」

「へ、ありがとさんで」

勘兵衛は袖を靡《なび》かせ、善助店をあとにした。

楓川へ行きあたり、海賊橋までやってきても、鏡を磨く音が耳にこびりついてはなれなかった。

三

翌日、翌々日と楓川の河原へ足をむけてみたが、印地打ちに没頭する平一郎のすがたはなかった。

さらに七日ほど経つと、吹越父子も鏡磨きの老人も記憶から遠ざかり、笹の雪もつとめて忘れるように仕向けたおかげで、欲するおもいは次第に薄らいでいった。

そうした折り、法善寺の七面天女が盗まれたと聞き、夕刻、勘兵衛は新宿の東大久保村へむかった。

緩やかな団子坂を下って抜弁天《ぬけべんてん》の俗称で知られる厳島神社の参道を通りぬけ、高台を南へすすむ。すると、村の鎮守である西向天神《にしむきてんじん》の手前に法善寺の山門がみえてくる。枯れた笹叢《ささむら》を踏みしめて堂宇を訪ねると、途方に暮れた顔の住職とそれを宥《なだ》める銀次のすがたがあった。

「あ、旦那」

銀次が左右の袖をつかみ、奴《やっこ》のような足取りで近づいてきた。

「どうせ捕まえても、屁《へ》の足しにもならねえ小悪党の仕業でやしょう」

と前置きし、耳もとへ口を寄せてくる。

「わざわざ、旦那がおみえになるまでもなかったんですよ。遣いにもそう言伝したはずでやすがね」

「それは聞いた。が、ちと気になってな」

「何がです」

「法善寺の七面天女といえば、因幡鳥取藩に関わりが深い」

二代藩主池田綱清《つなきよ》によって、江戸でいちばん最初に七面天女が祀《まつ》られた。それが法善寺であったという。

「さいですよ。病気平癒に格別の効験ありとか、それがどうかしたので」

「はなせば長くなる。ともかく、住職のはなしを聞こう」

黄檗色《きはだいろ》の袈裟衣《けさごろも》を纏った住職は勘兵衛のすがたをみとめ、神妙に拝んでみせた。

「南無妙法蓮華経……ごくろうさまにござります」

「面と向かって拝むのはよしてほしいな、お六《ろく》になった気分だ」

「これはこれは、お役人さまに後光が射してござりましたもので、つい」

「冗談は顔だけにしてくれ。ご住職、さっそくだが、盗まれた天女像とは」

「はい、尺に足りぬ極彩色の立像にござります」

「極彩色か」

「それはふくよかな、良いお顔をなされた天女さまで」

七面天女は法華経の護法神、身延山《みのぶさん》の鬼門を閉じて七面を開くがゆえに、この名を冠されたという。家康の側室おまんの方が白糸の滝にて水垢離《みずごり》をし、女人禁制の七面山に登詣して以来、女人の熱心な支持を得て七面大明神信仰は隆盛をみた。

「御天衣をお纏いになり、頭上に宝冠、左手に宝珠、右手に御仏の御宝蔵を開ける鍵をおもちです」

「紛失に気づいたのは何刻」

「昨夜、子ノ刻にござります。開帳はしてござりませなんだが、二刻おきに小坊主がご燈明をお取りかえ申しあげます。戌《いぬ》の五つには御座《おわ》しましたので、戌ノ刻から子ノ刻までのあいだに何者かが」

「盗人は厨子《ずし》の扉をあけ、天女像のみを奪ったのですな」

「はい」

寺に仕える者たちの嫌疑を晴らすべく、まずは寺院内で独自の調べをおこなった。それゆえ、町奉行所への届け出が遅れたのだという。

「もとより、寺社奉行さまのご配下は動きが鈍うございます。この界隈《かいわい》を縄張りとする岡っ引きは宿場の揉《も》め事《ごと》に首っ引きで、真剣にとりあってもいただけませぬ。困りはてたあげく、お檀那《だんな》衆にお聞きしたところ、葺屋町の親分さんをご紹介いただきました」

「すっぽんの銀次ならば、ご期待に添えましょう。それに、もれなく年寄りの臨時廻りがついてくる。拙者のことですがね」

「何を仰いますやら、臨時廻りのご同心とは得難い経験を積んだお方のこと。江戸の裏事情に精通し、清濁併せのむ器量を兼ねそなえた人物でなければつとまらぬ」

「さすがは名刹《めいさつ》のご住職、嬉しいことを仰る」

「ともあれ、一刻も早いご解決を」

「かしこまりました。では、いまいちどご確認させていただくが、燈明を換えた小坊主もふくめて宿坊に怪しい者はおらぬのですな」

「はい」

「ならば、戌の五つ以降に外から出入りのあった者は」

「宿坊に糺《ただ》したところ、蠟燭の流れ買いと鏡磨きの職人を除けば、そのあたりの時刻に目にしたものはほかにおらぬと」

「蠟燭の流れ買いと鏡磨きの職人か」

　勘兵衛はすこし、咽喉《のど》の渇きをおぼえた。

「ご住職、して、そのものたちの素姓は」

「馴染みの顔ではなかったと、寺僧どもは口を揃えます……しかも、流れ買いのほうは町人ではなく侍であったとか。うらぶれた風体《ふうてい》の痩せ浪人で、自分は法華経の熱心な信者なので蠟燭のおこぼれにあずかりたい。そんなふうに強い口調で脅され、本堂へ導くしかなかったとか」

　それだけ聞けば充分だ。吹越平内にほぼまちがいない。

「一方、鏡磨きのほうは老いた男で、何でも自分は鳥取藩と関わりのあることを述べ、寺院内の鏡という鏡を無報酬で磨かせてほしいと乞われました」

「無報酬で鏡磨きを」

「なかなかできぬこと、奇特な御仁にござります」

住職の口振りから察するに、浪人者のほうを疑っている様子だった。

「どちらにいたしましても、小坊主ふたりで片時も目を離さずに仕事ぶりを見守っていたので、まんがいちにも天女さまを盗む隙はなかったやに聞いております」

すかさず、銀次が口を挟んだ。

「んなものはどうにだってなりやすよ。厨子の在処をたしかめておいて、あとで忍んでくりゃいいだけのはなしだ。ご住職の仰るとおり、その痩せ浪人がいかにも怪しいぜ。人相風体とか住んでいるところとか、もそっと詳しいことは聞けやせんかね」

「はて、それ以上は……鏡磨きのご老人なら、日本橋本材木町の七丁目あたりに住んでおられるそうですよ」

「本材木町七丁目といやあ、裏は因幡町じゃねえか」

銀次はひとりで納得し、ぐっと考えこむ。

因幡町も吹越父子の住む左内町も楓川沿い、目と鼻のさきだ。

住職は袈裟衣の両袖を振り、手をあわせてひとしきり経を唱えた。

「七面天女さまをおもどし願えるのであれば、どなたであろうとも罪には問いませぬ。なにとぞ天女さまを、どうか、一刻も早く見つけてくだされ。このとおりにござります」

頭を垂れる住職に別れを告げ、ふたりは法善寺をあとにした。

「こうなりゃ神頼みだ。西向天神さんに賽銭《さいせん》でも」

「おう、そうしよう」

勘兵衛は西向天神へむかう道すがら、銀次に吹越父子や重吉なる鏡磨きと出逢った経緯を説明してやった。

「なるほど、因幡繋《つな》ぎか。それにしても妙な宿縁でやすね」

ふたりは朱の鳥居をくぐった。

西向天神の名は、社殿が京の都にむけて築かれたことに由来する。

境内の西側は崖、地平線まで畑がひろがっており、落陽の得も言われぬ美しさを堪能することができた。

「旦那、痩せ浪人が吹越某で鏡磨きが重吉とかいう親爺だとすれば、ふたりはいってえどういう間柄なんでしょうねえ」

「わしもいま、それを考えていたところだ」

「七面天女を盗んだのは、どっちだとおもいます」

「吹越平内はたしかに困窮しておる。おるが、盗みを働くような人物にはみえなかった。昼夜を問わずに内職をこなし、刀まで切り売りしている男が、七面天女を盗むとはおもえぬのよ」

「それなら、鏡磨きをさきに当たりやしょう。奇特にみえる男ほど、怪しいものはねえ」

「よし、そうしよう」

ふたりは西向天神を出て、瘤寺《こぶでら》の異称をもつ自証院の脇を通って甲州街道まで歩き、内藤新宿から早駕籠《はやかご》に乗った。

虫が知らせたとはいえ、まさか、因幡に関わる一連の出来事がこれほど緊密に繋がってくるとは予想もしなかった。

「これも柳生鍔の宿縁か」

もういちど、笹の雪と籠釣瓶を拝みたくなってきた。

早駕籠は夕陽を背に受け、甲州街道を一気に駆けのぼった。

四

予想どおり、鏡磨きの重吉は因幡町の裏長屋に住んでいた。

黴臭《かびくさ》い部屋を訪ねてみると、本人はおらず、三十過ぎの女が病床に臥《ふ》せっている。

「ちょいとごめんよ」

銀次が敷居をまたぐと、女は褥《しとね》に半身を起こし、激しく咳きこんでしまった。

「おいおい、でえじょうぶか」

銀次は急いで雪駄を脱ぎ、駆けあがって女の背中をさすってやる。

女は、構わないでほしいと仕種で示しつつも、咳を抑えきれず、胸から迫りあがってきたものを「げほっ」と吐きだした。

畳に鮮血が散った。

「うへっ」

銀次は驚き、身を反らす。

喀血《かっけつ》であった。

女は労咳《ろうがい》を患っている。

「ご、御無礼を……粗相をいたしました」

女は武家言葉で謝り、汚れた雑巾《ぞうきん》で畳の血を拭きはじめた。

その隙に、勘兵衛は陰鬱な部屋のなかをぐるりと見回した。

小綺麗に片づいているというよりも、物がほとんどない。宿場はずれに佇む木賃宿《きちんやど》の殺風景な一室のようで、所帯じみた匂いがまったく感じられなかった。

「おや」

神棚に白い小手鞠《こでまり》の花が飾ってある。

しなやかな細い枝に七つ八つと咲いた半球状の小花、ひとつひとつが可憐《かれん》な手鞠にみえるその周囲だけが、唯一、華やいでみえた。

いや、神棚の中央から、何か別のものが呼びかけてくる。

立像らしきものが紫の袱紗に包まれ、祀られているのだ。

「旦那」

銀次も気づき、眸子を爛々《らんらん》とさせた。

「どうか、なされたのですか」

透明な声とともに、それこそ小手鞠のごとき儚《はかな》げな顔が問うてくる。

応じようとする銀次を制し、勘兵衛はできるだけ優しく尋ねてみた。

「あの袱紗に包まれたものは、何であろうか」

「七面天女さまにございます。義兄上《あにうえ》がさるお寺の慈悲深いご住職さまから譲りうけたと仰いました」

「ほほう」

女の態度に嘘はない。勘兵衛は平然と応じ、霜のまじった鬢《びん》を撫でた。

「なぜ、袱紗で隠しておられる」

「あまりに神々しゅうて、眩《まぶ》しいのでございます」

「できれば、御尊顔をおみせ願えぬだろうか」

「どうぞ」

女は立ちあがりざま、腰をふらつかせた。

それでも、何とか踏みとどまり、神妙に拝んでから袱紗を取った。

「うぬ」

勘兵衛は、目を釘付けにされた。

極彩色の七面天女が光彩を放ち、部屋全体を真昼のごとく照らしだす。

そうみえたのは、勘兵衛だけではない。

銀次も口をあんぐり開けている。

「病気平癒に、ことのほかご利益があるのだそうです」

またもや、透明な声が聞こえてきた。

勘兵衛は人懐《ひとなつ》こい丸顔に、笑みを浮かべてみせる。

「ご利益はござったのか」

「いいえまだ、今朝方よりお祀り申しあげたばかりにございます」

「袱紗に包んでおっては、天女さまも息苦しいのではないか」

「仰せのとおりですね」

「そなた、名は何と申される」

「和枝《かずえ》と申します」

「武家のご出身か」

「はい」

「姓もお教え願えようか」

「どちらの」

「と、申されると」

「義兄は馬場《ばば》、わたくしは船岡《ふなおか》にござります」

「義兄妹の間柄か」

「いかにも。仔細は申せませぬが、ゆえあって義兄ともども諸国流浪の旅に出、一年前から江戸に根を張っております」

「根を張るとはまた、妙な言いまわしだな」

「長きに亘《わた》る浮き草暮らし、それでつい……ところで、本日はどのようなご用件にござりましょう」

「いやなに、重吉どのにちと野暮用でな」

「帰りが夜更けになることもござります。ご姓名とお所を頂戴できれば、伺わせるようにいたしますが」

「それにはおよばぬが、姓名は申しあげておく。長尾勘兵衛でござる」

「長尾勘兵衛さま」

「八丁堀の地蔵橋辺で誰かに聞いてもらえばすぐにわかる。間借り人は井上仁徳と申す医者でな、金瘡《きんそう》医《い》だが漢方の知識もある。何か困ったことがあったら訪ねてきなさい」

「はい、かたじけのう存じます」

「あとひとつだけ、お訊《き》きしたいのだが」

「何でしょう」

「諸国流浪の旅に出られて、何年になる」

和枝の大きな眸子が、じわっと潤んだ。

「じゅ……十三年になります」

「さようか、ご苦労なさったな」

必死に涙を怺《こら》える和枝をのこし、勘兵衛は銀次を誘って部屋を出た。

露地裏は薄闇につつまれ、吹きぬける風は肌寒い。

「旦那、いいんですかい」

銀次が心配そうに声を掛けてきた。

「なるほど、和枝っておひとの容態は芳《かんば》しくねえ。かといって、鏡磨きにゃとても高価な人参は買えねえし、神仏に縋《すが》りてえおもいで七面天女を盗んじまった。重吉って野郎の気持ちもわからねえではねえが、盗みは盗みでやすからね」

「銀次よ、人が悪に手を染めるにゃ、それなりの理由ってのがある。おれはな、その理由ってのが知りてえんだ」

「まったく、旦那っておひとは」

罪を犯した者でも、情にほだされれば救ってやる。御法度を破ってでも、こうとおもったらとことん助けてやる、そうでなければ気が済まぬ。

天道人を殺さず、窮地に立つ者を救ってこその十手持ちではないかと、勘兵衛はいつもおもっている。

「ま、事情がはっきりするまで待ってみようや。天女さまにもたまにゃ息抜きが必要だ。日本橋界隈まで遊行《ゆぎょう》なされたとおもえば罰も当たるめえ」

「へへ、そりゃそうだ」

ふたりは裏木戸を抜け、川端の道を北へむかった。

江戸橋を渡って北詰めから荒布橋《あらめばし》を渡り、小網町、堀江町と横切って親父橋を渡る。

銀次が女房のおしまにやらせている「福之湯」は、親父橋を渡ったさきにあった。

「旦那、でけえ湯舟にでも浸かって、のんびりなされたがいい」

「ふむ、そうさせてもらおうかな」

義兄妹の重吉と和枝は、他人に言えぬ事情を抱えている。

それが吹越平内と深く関わっているのだとすれば、無視はできぬ。

抛《ほう》っておけば、何かとんでもないことが起こりそうな予感があった。

勘兵衛は江戸橋の手前で、はたと足を止めた。

「銀次、今夜はやめておこう」

「おや、おめずらしいこって」

「ちと、左内町へ立ちよってみる」

「吹越平内は、蠟涙集めで留守でしょうに」

「平一郎のことが何やら心配になってきた」

「それなら、あっしは旦那のお宅へ伺い、綾乃さまと仁徳先生に事情をはなしておきやしよう。ひょっとしたら、重吉が訪ねてくるかもしれねえ」

「たのむ」

「じゃ、失礼いたしやす」

銀次は手を振り、海賊橋へむかった。

勘兵衛は川端の道を、左内町までとってかえす。

表通りから善助店へむかう手前に、四つ辻があった。

「うぬ……ぬぬ」

浪人風体の男が胸を押さえ、天水桶の陰にうずくまっている。

地面には秤が転がり、仏前に供える樒《しきみ》の香木も散らばっていた。

誰あろう、吹越平内にほかならない。

「吹越どの、いかがした」

「ん、これは……長尾どのと申されたか。だいじござらぬ、抛っておいてくだされ」

「そうはいかぬ、額に膏汗《あぶらあせ》が滲《にじ》んでおるぞ」

「いいえ、もう平気です。ときおりこうして、肋骨《あばら》が痛むのでござる」

「肋骨が」

「古傷でござるよ」

「今から、おもどりか」

勘兵衛は尋ねつつ、樒の香木を拾いあつめてやった。

「ほれ、たいせつなものなのであろう」

「かたじけない」

「お子は、どうしておられる」

「萎《しお》れた茄子《なす》になってござる。道草がばれて父に折檻《せっかん》されましてな」

「今宵の晩飯は」

「茶漬けでも食うておりましょう」

「はは、逞《たくま》しい。それなら、一杯どうです、こっちのほうはいける口かな」

「嫌いではござらぬが、十月《とつき》ほど呑んでおらぬ」

「されば、十月ぶりに」

勘兵衛が笑いかけると、吹越は困ったような顔をした。

五

新川河岸の「浮瀬《うかむせ》」は、いつ来てもほどほどに混んでいる。

女将《おかみ》のおふうに気を遣い、客のほうで上手にやりくりしてくれるのだ。

混みあってくれば「またな」と言って帰り、深酒はしない。管を巻くこともない。阿吽《あうん》の呼吸がわからぬものは、店の常連になることはできなかった。

吹越平内を連れて縄《なわ》暖簾《のれん》をくぐると、おふうは鼻のしたに皺を寄せ、ちょっと驚いた顔をした。

「あら、おめずらしい、お連れさまですか。さ、こちらへどうぞ」

「おう、すまぬな」

ふたりはおふうと対面する恰好で、横並びに座った。

なにやら、いつもと勝手がちがうのは、床几《しょうぎ》のひとつにむさ苦しい浪人どもが陣取っているからだ。足抜け女郎のおこまが手伝いに来ているものの、おふうはそちらの対応にも忙しい。

「こっちは抛っておいても構わぬぞ」

「そんなわけにはまいりませんよ、旦那はお店の名付け親なんだから」

ほうと、吹越が目を丸めた。

「身を捨ててこそ浮む瀬もあれ、か」

「ええ、長尾さまの胸にある同心魂ですよ」

「こら、おふう、余計なことを喋るでない」

「うふふ、ところで、こちらのお侍さまは」

「吹越平内どのだ。左内町にお住まいでな、じつは逢うのが今夜で二度目」

「え、そうなんですか」

「驚くのはまだ早いぞ。吹越どのはな、十月ぶりに酒を呑む」

「わあ、嬉しい。それなら一杯目はわたしのおごりで、伊丹の富士見酒をお出しいたしましょう」

「そんな諸白があったのか」

「あら、お出ししませんでしたっけ」

おふうは可愛らしく小首をかしげ、袖をひらりとひるがえす。

「ちょいとお待ちになってね」

吹越は生唾《なまつば》を呑み、のどぼとけを上下させた。

どうやら、かなりいける口らしい。

ほどもなく、おふうが銚子を携えてきた。

「人肌ですよ。それじゃ、十月ぶりのお侍さまから」

吹越の盃をもつ手が、微《かす》かに震えた。

盃に注《つ》がれた酒も、ぷるぷる震えている。

「はい、旦那も」

「お、よし」

　諸白が満たされたところで、おたがいに盃をあげた。

　そして、一気に呑みほす。

「美味い」

　吹越は目尻に皺をつくり、泣き笑いのような顔をする。

「さ、もひとつ」

　間髪入れず、おふうに注がれ、吹越は二杯目を呷《あお》った。

　目を真っ赤にして、おもむろに喋りだす。

「妻と娘が亡くなって今日で十月になります。今宵は平一郎が眠ったあと、供養の酒をひとりで呑むつもりでした」

「やっぱり」

　おふうは、ほっと溜息を吐いた。

「樒の芳香でわかりましたよ。どなたか大切なお方を回向《えこう》なさるおつもりじゃないかってね」

　勘兵衛は横から、吹越の顔を覗きこんだ。

「すまぬ、気づかなんだ、うっかり誘っちまって」

「お気になさらずに、ありがたいお誘いでした。だいいち、かように上等な酒は呑んだ例しがない」

「喜んでいただけてよかったわ」

妖《あや》しく微笑むおふうに、床几の浪人どもから声が掛かった。

「女将、抹香臭いぞ。こっちも酒だ、酌をせい」

「あらあら、困ったおひとたちだこと。旦那、ちょいと失礼しますよ」

「おう、ゆっくりしてこい」

ふたりになったのを機に、勘兵衛は切りだした。

「吹越どの、昨晩は番町ではなく、新宿方面へ足を延ばされたようだな」

「ええ、武家地より朱印地《しゅいんち》をまわったほうが効率はよかろうとおもいたち、皮切りに法善寺へ」

「鳥取藩縁故の七面天女にあやかったのか」

「仰せのとおりです、縁起を担ぎました」

「じつは、その七面天女が盗まれたのだ」

「まことですか」

吹越は盃を置き、押し黙った。

自分が疑われていると察したのだ。

「ご案じめさるな、七面天女はみつけました。みつけたはよいが、謎は深まるばかりで」

「謎と申されると」

「盗んだ者はなぜ、昨夜、法善寺に忍んだのか。そちらに足さえむけなければ、盗みをはたらかずに済んだはず」

「どういうことですか」

「そやつは吹越どのを跟《つ》け、法善寺へたどりついた。そう考えるのが自然であろう」

「はなしがみえぬな」

「されば、お訊《たず》ねいたそう。馬場重吉という姓名に、聞きおぼえはござらぬか」

吹越は身を強張らせ、じっと盃をみつめた。

「やはり、お知りあいか」

「直には存じあげぬ。されど、それは馬場重《じゅう》右《え》衛門《もん》どののことでしょう」

「馬場重右衛門」

「拙者を女敵《めがたき》と狙うお方です」

「女敵、失礼だがそれは」

「大地震で失った妻とは、馬場どのの妻女にござりました。名は佳枝《よしえ》、十三年前、拙者は佳枝を連れて因幡から逃げたのです」

「なんと……ありていに申せば、女房を寝取ったということか」

「いや、そうではない。そうではないのだが、さようにおもわれても弁明の余地はござらぬ」

「事情がおありなら教えてほしい。そこもとは他人の女房を寝取るような男にみえぬ」

吹越は酒の力も借り、ぼそりぼそりと真相を語りはじめた。

それによれば、吹越は廻国修行の途上で因幡に滞在していた折り、偶然にも城下の一隅で佳枝が藩士三名に陵辱《りょうじょく》されているところに出くわした。二十歳になったばかりの佳枝は城下一の美人と評判の若妻、二十二も年のはなれた番方組頭のもとへ嫁いでまだ半年、夫の馬場重右衛門は運悪く、参勤交代に伴う殿様警護の一員として江戸へ出立した直後であった。

吹越は佳枝のことを知っていた。寄宿した道場へ年子の妹である和枝が女だてらに通っており、姉の佳枝がよく同伴してきたからだ。

吹越は助けを求められ、卑劣漢どもを斬ってすてた。

ところが、三人の死を確かめるや、佳枝も死ぬと騒ぎだした。

陵辱された以上、ひとかたならぬ愛情を注いでくれた夫に顔向けできない。短刀で咽喉を突くので、介錯《かいしゃく》してほしい。そうやって泣きに泣かれたが、どうにか宥め賺《すか》した。

そして、吹越は佳枝を見捨ててゆくわけにもいかず、連れて逃げようと腹を括《くく》ったのである。

「城下でも評判の若妻を寝取ったうえに、鳥取藩の前途洋々たる藩士三名を斬りすてて逃げた極悪人。藩の連中は拙者のことを膾斬《なますぎ》りにしても足りぬ男とおもったでしょう」

白洲で申しひらきをしようとおもえば、できたかもしれない。だが、みずからの疑いは晴れても、佳枝のほうは満座で恥をさらすだけのこと、死に値する屈辱を味わうのはわかっていたので、吹越には連れて逃げるという道しかなかった。

「潔い、武士の鑑《かがみ》だな」

「これも宿命なのです。拙者は因幡鳥取の城下で佳枝に出逢った、あれは神仏のお引きあわせだったのです。佳枝は拙者に幸福をもたらしてくれました、就中《なかんずく》、庄内での十二年は得難い暮らしにござった。ふたりの子まで授かったのですからな」

が、一方で、追っ手に脅える毎日だった。

女敵討ちは武士の恥とされ、奨励する藩は少ない。ところが、鳥取藩は他藩とちがって密通に関する処罰が厳しい。妻を寝取られた夫は、妻と間男を成敗《せいばい》いたさぬことには、家名断絶のうえ切腹となる。つまり、本懐を遂げぬことには帰参が赦されないのだ。

「馬場どのが地獄の果てまで追ってくるものと、覚悟はしておりました。拙者が逆の立場でもそうします」

「もしや、勘づいておられたのか」

「はい、何者かの影に勘づいたのは、昨年の暮れでござった。馬場どのであろうと察しつつも半信半疑のおもいはぬぐえず、今日まできてしまいました。この江戸で偶然見掛けられたにせよ、たがいに顔も知らぬ者同士なのに、どうやって拙者と判別できたのか、そこだけがわかりませぬ」

「義理の妹を連れておるのさ」

「え、和枝どのを」

「さよう。あのときは十九の娘も、今は三十二になっておる。馬場重右衛門と和枝は十三年の長きに亘って諸国を流浪し、おぬしという敵に遭遇したのだ。和枝どのは胸を患っておってな、重右衛門は病気平癒を願い、かつて仕えた殿様のご先祖が寄贈した七面天女を盗んだ。おぬしのあとを跟けて法善寺へおもむき、とんだ拾いものをして帰ってきたというわけさ」

吹越は押し黙り、拳をきつく握りしめた。

和枝がどれだけの辛酸を嘗めてきたのかを、瞬時にして悟ったのだ。

「いちど、板の間で稽古をつけたことがありました。けれん味のない、まっすぐな剣でござった」

「まっすぐなだけに、姉と姉を奪った男のことが赦せなかったのであろうな」

「和枝どのが同道なされておったとは……そこまでは、考えがおよばなんだ」

「ひょっとすると、先方も確信がもてぬのではあるまいか。十三年も経てば人相風体も変わってこようし、肝心の佳枝どのがおらぬ。確信がもてぬゆえ、容易には仕掛けてこられぬのだろう」

「なるほど。しかし、だからというて、いずれは決着をつけねばなりませぬ」

「もはや、潮時か」

勘兵衛は、吹越の盃に酒を注いでやった。

そのとき、うしろの浪人どもが騒ぎだした。

「もう我慢ならんぞ、小便のような酒を呑ましやがって」

難癖をつけながら、床几をひっくりかえそうとする。

三人いた。薄汚い浪人どもだ。

どうせ、呑み代が無いのだろう。

「お代なんざいらないよ、とっとと出ておいき」

おふうが見事な啖呵《たんか》を切った。

途方に暮れるおこまを背に庇《かば》い、浪人どもを睨みつけている。

「あんだと、このばくれん女め」

金壺《かなつぼ》眸子の男が、大刀の柄に手を掛けた。

「やめておけ、野良犬」

勘兵衛が声を掛けた。

と同時に、吹越が動いた。

滑るように足をはこび、一瞬にして間合いを詰め、金壺眸子から大刀を鞘ごと奪ってみせたのだ。

腰の軽くなった男はふらついたが、身に何が起こったのかわからない。

仲間のふたりもふくめて、三人は呆気にとられた顔で吹越を眺めた。

吹越は奪った刀の鍔をちらりとみやり、ふんと鼻を鳴らす。

「持ち主同様、一文の価値もない」

「なにを」

野良犬どもが殺気を帯びた。

すかさず、勘兵衛が手を叩く。

「勝負あった。野良犬ども、尻尾を巻いて退散せい」

「ぬうっ、不浄役人か」

「さよう、抜いたら縄を打つ。縄を打たれたら地獄行きだ」

「くそっ」

歯軋《はぎし》りをする金壺眸子にむかい、吹越が刀を抛りなげた。

「ほれ、忘れ物だ」

浪人どもは、すごすごと店から出ていった。

「おこまちゃん、塩でも撒《ま》いとき」

おふうの疳高《かんだか》い声が響き、店内に歓声があがった。

吹越平内という男、想像したよりも遥かにできるなと、勘兵衛はおもった。

六

海棠の花が散りはじめた。

いざよう月にむかって、杜鵑が鳴いている。

仁徳は綾乃の酌で、美味そうに酒をなめた。

「亀戸天神の藤棚がみごとに色をつけおってな、薫風になびくすがたは一見の価値ありじゃ」

「ほう、そうですか」

「たまにゃ、父娘水入らずで観にいったらどうじゃ。それともあれか、綾乃は若いのがよいか。あの何というたか、皐月《さつき》の屋根の吹き流し」

「鯉四郎さまですか」

「おう、そうじゃ。あの若僧、綾乃に気があるぞ」

「もう、やめてください」

綾乃は膨れ面になり、奥へ引っこんでしまった。

「むふふ、いつまでも青いのう」

仁徳は置注ぎで呑みつつ、肴《さかな》の佃煮を指でつまむ。

「昨夜も来ず、今夜も来ずか。うぽっぽよ、鏡磨きの親爺はいっこうに顔を出さぬなあ」

「はあ」

「どうするつもりじゃ、お節介でも焼くのか」

「さあ」

「はあにさあでは、はなしにならぬな」

敵を追う側に真実を告げるべきか否か。

「正直、迷うております」

「わからんでもないがの。真実を知ったところで、あきらめるのは難しかろう。なにせ十三年じゃ、十三年はあまりに長い」

仁徳はぐい呑みを呷り、ぷほおっと熱い息を吐いた。

白髪の茶筅髷《ちゃせんまげ》を振り、苦虫を嚙《か》みつぶしたような顔をする。

「聞けば聞くほど、人の運命《さだめ》の不思議さをおもわずにはいられぬ。佳枝というおなご、夫との暮らしは半年にすぎなかったが、偶然に出逢った男とは十二年もひとつ屋根の下で暮らした。幸福をつかみかけたところで、大地にぱっくり口をあけた亀裂に呑みこまれてしまったのじゃ。数奇といえば、これほど数奇な運命もあるまい。なれど、姉よりも妹のほうが、どれだけ哀れなことか、のう」

「はあ」

和枝はみずからを駆りたて、姉を奪った男への憎悪を燃やしつづけた。そうすることでしか、生きてこられなかったにちがいない。

馬場重右衛門もしかり。妻女がどこの馬の骨とも知れぬ男と出逢い、駆け落ちしたものとおもいこみ、滾《たぎ》るような復讐心を支えにしながら、何とかここまで生きてきたのだ。

善助店の暗がりで、重右衛門はつぶやいた。

客の生きざまを想像しながら鏡を磨く、そうすれば他人の人生も生きた気になる。鏡を磨くだけの詰まらぬ人生が、まんざらでもないようにおもえてくると、勘兵衛に告げた。

「寂しいはなしよ。磨いた鏡に映るのは、老いてゆく自分の顔だけじゃというに」

重右衛門と和枝は、本懐を遂げるというただ一点のみで行動をともにしてきた。おなじ目的のもと、固い絆《きずな》で結ばれている。あまりに堅固な意志ゆえに、恋情の入りこむ余地などなかった。

「それが哀しいのさ。どうせなら、引っついちまえばよいものを」

重右衛門が郷里で陰口を叩かれたことは想像に難くない。

「逃げられた女房の妹と引っついた不節操者、藩の面汚しなどと、心ない者たちは勝手な噂をたてたであろう。じゃが十三年は長すぎる。もはや、陰口を叩く者とてあるまい。帰参しても喜ぶ者なぞひとりもおらぬわい」

待つ者はおらず、帰るところもない。それは追う者とておなじこと、たとい本懐を遂げたとしても、重右衛門と和枝は迷い鳥でありつづける。

「それでも、決着をつけねばならぬのか。うぽっぽよ、なぜであろうかのう」

「武士の一分が立たぬからでしょう」

「侍の矜持《きょうじ》か。ふん、くだらぬ」

「くだらぬとわかっていても、為さねばならぬことがあります。これも運命《さだめ》とあきらめるしかない」

「運命か、むごいことばよ」

「いかにも、そうですな」

　ふたりはしばらく、月を肴に酒を呑みかわした。

　庭は蒼々と照らされ、満天星《どうだん》の垣根が白く浮きあがってみえる。

　綾乃は奥へさがったきり、顔をみせない。もう、寝てしまったのか。

　仁徳も欠伸《あくび》を嚙みころしている。

「今夜も来ぬか」

　勘兵衛は、ぽつりとこぼした。

　と、そこへ。

　ぎぎっと、簀戸の開く音が聞こえた。

　小柄な影がひとつ、庭へ忍んでくる。

　暗くてはっきりしない、大きな荷を背負っているようだ。

「どなたか、どなたか、おられませぬか」

　すこし掠《かす》れた声には、聞き覚えがある。

仁徳が眠そうな眸子を擦《こす》った。

「誰じゃ」

「鏡磨きの重吉にございます」

「おっほほ、来よったか、待っておったぞ」

「仁徳先生であられますか」

「いかにもそうじゃが」

「妹を……和枝を、看《み》てやってくだされ」

仁徳よりもさきに、勘兵衛が動いた。

重右衛門が背負っているのは荷ではない、和枝なのだ。

「どうした、容態が急変したのか」

「血を吐きました、水桶一杯ぶんも」

「なんだと」

重右衛門は汗だくになり、充血した眸子を瞠《みは》っている。

口をぱくつかせる様子は、俎《まないた》に載せられた鯉のようだ。

夥《おびただ》しい血の量に驚き、取るものも取りあえず飛んできたのだろう。

「ほかに頼るところもございません……どうか、どうか、和枝を助けてやってくだされ」

「こっちへ寄こせ」

勘兵衛は、重右衛門の背中から和枝を抱きおろした。

痩せたからだは羽のように軽く、膚《はだ》は氷のように冷たい。

「綾乃、綾乃、手伝ってくれ」

仁徳の大声に応じ、綾乃が奥から飛んできた。

素早くのべた褥に、和枝のからだを横たえる。

「和枝、しっかりせい、和枝」

重右衛門は蒼白い手を握り、必死に名を呼びかけた。

まるで、長年連れ添った夫婦のようではないか。

襷《たすき》掛《が》けをきめた綾乃にむかって、仁徳が叫んだ。

「女は胸を患っておる、人参はあったか」

「いいえ」

「よし、ひとっ走り三丁目（日本橋本町）まで行ってくれ」

「はい」

「いや待て、女ひとりの夜道は危ない。うぽっぽ、おぬしが行け」

「引きうけた」

「薬種問屋の木戸を蹴破ってでも、人参を奪ってくるのだぞ」

念を押されずとも、わかっている。

勘兵衛は勢いよく、縁側から飛びおりた。

「死ぬなよ」

祈りつつ、じんじん端折《ばしょ》りで八丁堀を突っきった。

七

人参は親指大で一両はする。

——人参飲んで首縊《くく》る。

何とも皮肉な川柳もあるが、からだを売ってまで求めるというのは、大袈裟なはなしではない。

一日に三度、乾燥させた根の一部を水で煎じて温服する。

労咳の特効薬といわれるだけあって、効果は覿面《てきめん》だった。

三日間安静にし、綾乃が親身になって看病した甲斐もあって、和枝はすっかり元気を取りもどした。

そのあいだ、重右衛門は口を閉ざし、部屋の隅で縮こまっていた。

「和枝どのも恢復《かいふく》してきたことだし、どうだ、縁側で一杯飲らぬか」

誘いかけると、重右衛門は素直に頷いた。

和枝は奥の部屋に寝かしつけてあるので、縁側で交わす会話は聞こえない。

仁徳は往診と称して、どこかへ息抜きに出掛けてしまった。

綾乃は酒の仕度をすると、気を利かせて奥へ引っこんだ。

「ま、ひとつ」

勘兵衛はぐい呑みを手渡し、ちろりから酒を注いだ。

重右衛門は挨拶《あいさつ》程度に口を濡《ぬ》らし、ぐい呑みを置く。

「どうした、呑めぬのか」

「いえ」

「遠慮はいらぬ、人生には息抜きも必要だ。もっとも、わしは毎日が息抜きのようなものだがな。うはっ……笑わぬな、少しは笑ったらどうだ」

「はい」

「ほれ、ぐっといけ」

無理にすすめると、重右衛門は一気にぐい呑みを干した。

「いける口ではないか。さ、もう一杯」

「結構です……何年かぶりで呑んだ酒なので」

「さようか、無理強いをしてしもうたかな。願掛けでもなされておったのか」

重右衛門の瞼《まぶた》が片方だけ、ぴくぴくっと痙攣《けいれん》しだす。

「酒といっしょに、他人様の情けも呑みほしました。こたびは何と御礼申しあげたらよいものか」

「相身《あいみ》たがい、困ったときは助けあうのが人の情というものさ」

「もったいない、長尾さま」

「なんだ、あらたまって」

重右衛門は床に手をつき、深々と頭を垂れた。

「わたしには、どうしても為さねばならぬことがあります。どうかあと三日だけ、お待ちいただけませぬか」

「鏡磨きの喋りではないな、まことは武士か」

「はい、今ここで仔細は申せませぬが」

「三日待てば、どうなる」

「けりがつきます。そのあとはどうなろうとも、遠島にしていただこうが、打ち首にしていただこうが、何なりとお好きに」

「ずいぶん乱暴な物言いだな。法善寺のご住職は七面天女さえもどしてもらえば、誰であろうと罪に問わぬと申された」

「それでは、長尾さまの面目が立ちますまい」

「面目、んなものはもちあわせてねえよ。そもそも、この一件は寺社奉行の管轄だ、臨時廻りに出る幕はねえさ」

「長尾さま」

「それ以上は言うな、おれはしつけえのが嫌えでな。それよか、為さねばならぬことってのが気になる。そいつを聞かねえと夢見がわるくなりそうだ」

勘兵衛はにっこり微笑み、南部鉄のちろりを近づけた。

「ほれ、呑みねえ。酒ってのはこうしたときに便利な代物でな、気づかねえうちに口の滑りが良くなるんだ」

たくみに促され、重右衛門は杯をかさねた。

すると、勘兵衛の言うとおり、ことばが糸のようにつむぎだされてきた。

「ふうん、二十二も年の差がある恋女房を、廻国修行中の馬の骨に寝取られたってわけだな。さぞや、口惜しかったろう。鳥取藩が不義密通にとりわけ厳しいってのは聞いているぜ。なあ、馬の骨を叩っ斬らねえことにゃ、帰参も叶わねえんだろう」

「はい」

「たとい女敵討ちでも、藩の御墨付きがあり、御公儀御帳にも記されているとなれば、満天下に認められた敵討ちといっしょだ、十手持ちが口を挟む余地はねえ。がよ、その左内町に住む浪人者が女敵だってのは確かなのかい、ひとちがいってことはねえんだろうな。だいいち、おめえさんは馬の骨の顔を知らねえんだろう」

「和枝がみて、まちがいないと申しております。それに、楓川の河原で男の子の顔をみました、横顔に佳枝の面影が」

「なるほど」

ずきっと胸が痛んだ。

重右衛門も和枝も、佳枝が亡くなったことを知らないのだ。

「無論、佳枝も容赦はいたしません。和枝にも覚悟はできております」

「憎むべきは姦夫と姦婦、かさねておいて四つにするってことか」

「はい」

「どうやってやる。その馬の骨、尋常ならざる剣の遣い手なのであろう」

「肋骨《あばら》一寸斬らせて骨を断つ、新陰流の極意をきわめた手練《てだ》れにござります」

「肋骨一寸か」

そういえば、吹越は古傷の痛みに耐えかね、四つ辻の暗がりにうずくまっていた。

「十三年前、きゃつめは三人の藩士を斬りました。三人のうち最後のひとりは和枝と同門の番士で、師範代をまかされるほどの剣士でした。きゃつめは同等の技倆《ぎりょう》とみてとったのか、まずはおのれの肋骨を斬らせ、つぎの瞬間、対手の人中路（中心）を真っ向から斬りさげたのです」

「その目でみたような物言いではないか」

「実際にみた者のはなしを聞きました」

「なんだと、その場に誰かおったのか」

「作事奉行さまのご次男がおられたのです。斬られた三人は朋輩にござりました」

次男は朋輩の危機を救うべく、斬りこんだ。ところが、深手を負った吹越平内は干戈《かんか》をまじえず、遁走《とんそう》をはかったという。

「ちょっと待て、吹越はひとりで逃げたのか」

「はい、佳枝とは宿場はずれで、落ちあったに相違ござらぬ」

「そもそも、なぜ、三人は斬られたのだ」

「吹越平内に恥知らずなことをやめるよう、呼びだして強意見《こわいけん》しようとしたところ、吹越が刀を抜いたのだそうです」

「それも、作事奉行の次男坊が言ったのか」

「すべては白洲で藩役人に訴えたこと、天地神明に誓っても偽りはないと誓ったうえでの証言にござります」

「ふうむ」

勘兵衛は唸った。

「その次男坊、今はどうしておる」

「風の便りで聞いたところによれば、三年前、馬に蹴られて亡くなられたそうです」

「自業自得だな」

「ん、今何と申された」

「ひとりごとだ、気にせんでくれ」

作事奉行の次男坊も、不心得者どもの仲間だったにちがいない。たったひとりの吐いた嘘が吹越平内の名誉を汚し、義兄妹の心に抱かずともよい恨みや憎しみを醸成させた。罪深いはなしだ。次男坊が馬に蹴られて死んだと聞いて、勘兵衛はすこしだけ溜飲《りゅういん》の下がるおもいだった。

「失礼だが、おぬしらに仕留める自信はあるのか」

「無論です。そのために、和枝ともども稽古を積んでまいりました」

「板の間の申し合いとはちがう。真剣を手にした一本勝負だぞ」

「心得ております」

「にしても、何か策があるのだろう。闇討ちにするとか」

「白昼堂々、勝負を挑むつもりです」

「いったい、どこで」

「さよう、それを決めかねておりましたが、法善寺境内というのはいかがでしょう。双方ともに縁がござります」

「おぬしらに七面天女の御加護はないぞ」

「実力で討ちとってご覧にいれる」

「日時は」

「明後日、未ノ刻」

「果たし状でも届けるか」

「そうなりましょう。贅沢《ぜいたく》な願いですが、見届人が欲しいところでござる」

「わしがやろうか」

と、勘兵衛は深い考えもなしに吐いてしまった。

「ありがたい。長尾さまにお引きうけいただければ、これ以上の幸運はござらぬ」

「よし、果たし状も届けてやる。七面天女を返しがてら、法善寺のご住職にも境内を血で穢《けが》すやもしれぬことを伝えておこう」

「なにからなにまで、痛みいります」

はなしは、とんとん拍子にすすんでいった。

勘兵衛には今のところ、これといった策はない。

八

どのみち、死なねばなるまい。

ぽろりと、吹越平内はこぼした。

竹光一本帯に差し、もし自分が討たれたら、遺《のこ》された平一郎のために「籠釣瓶」を二十両で買ってほしいと、鍔を叩いてみせたのだ。

潔く討たれ、惚れた女のもとへ逝きたいのではあるまいかと、勘兵衛は勘ぐった。

ひとりならば、それも赦されよう。

だが、吹越には平一郎という子がいる。

親として養っていかねばならない。

自分だけ格好良く死なせるわけにはいかない。

だいいち、竹光で勝負にのぞむなど、相手に失礼であろう。

ひとかどの剣士ならば、それがどれほど相手を侮辱することになるか、わからぬはずはない。

十の平一郎にも、物の道理はわかる。

竹光で死地にむかうことが赦されるのかどうか、負けるとわかって闘うのは恥ずべきことではないのか、かりに敗れたとしても、父の死にざまが立派であったのかどうか、父は誇ることのできる父であったのかどうか、子供なりにじっと注視しているはずだ。

討たれる覚悟を決めるのは自分の勝手だが、法善寺へおもむくつもりなら、真剣を帯びてゆくがいい。

そんなふうに諭したところ、吹越は「籠釣瓶」を差しだし、どうかこれで鈍刀《なまくら》の大小一式を揃えてきてはもらえぬだろうかと、あたまをさげた。

さっそく、勘兵衛は鍔店の因幡屋鉄五郎を訪れた。

聞けば、幸運にも「笹の雪」は売らずに取ってあるという。

ならばと、条件をひとつ出した。

貴重な「籠釣瓶」もともに預けるが、このたびの一件が決着するまで姉妹の柳生鍔をけっして売ってはならぬ。吹越平内が生きのこれば、只で「籠釣瓶」は呉れてやる。が、まんがいち、吹越が討たれたら、姉妹の柳生鍔は墓前の供養に捧げるべく、嗣子の平一郎に返してやってほしい。

鉄五郎は従前より、吹越をただ者ではないと看破していた。よもや、負けるとはおもっていない。一も二もなく条件を呑み、ついでに、たいそう立派な大小まで貸してくれた。あとは運を天にまかせるのみ。決闘当日の朝は薄曇り、いましも雨が落ちてきそうな雲行きとなった。

卯月十八日未ノ刻、曇天。

雨はまだ落ちてこない。

黒雲が法善寺の甍《いらか》を覆っている。

馬場重右衛門は黒い筒袖に鮮やかな緋色の陣羽織を纏い、境内の中央にすすみでた。

背に揚羽蝶の刺繍《ししゅう》された陣羽織は、二十有余年前に催された鷹狩りの際、なにがしかの功あって先君池田治道《はるみち》公（六代）より下賜された重右衛門自慢の品である。

かたわらの和枝は紙魚《しみ》ひとつない純白の筒袖を纏い、手っ甲脚絆《きゃはん》に足袋も白く、額にも白鉢巻きを締めていた。凛《りん》とした和枝の白に重右衛門の黒、喪をつかさどる者たちが腰に大小を帯びてそこにある。

一方、吹越平内は着物こそ垢《あか》じみた黒橡《くろつるばみ》の着流しだが、礼儀正しく月代と無精髭をさっぱりさせて佇んでいた。こちらは、嫡男平一郎を脇に侍らせている。至近から事の一部始終を目にしっかり焼きつけさせようとする、侍の父としての配慮であった。

「さすが侍の子、物怖じせずに毅然としておるわい」

女敵討ちと聞いて境内に集まった野次馬たちは、異口同音に唱え、しきりに感心してみせる。

野次馬のなかには、押っ取り刀で駆けつけた鳥取藩の勤番侍たちもまじっていた。

寝耳に水のような出来事であったが、とうてい他人事《ひとごと》とはおもえない。

安閑とした暮らしに馴れた藩士の目には、和枝の白が鮮烈すぎた。

十三年におよぶ忍苦を憐れみ、本懐を遂げさせてやりたいと願う一方で、吹越平内にも同情を禁じ得ない。

行きずりの女の命を暴漢から救ったにもかかわらず、謂《い》われなき罪を背負って生きねばならなかった男。しかも、救って逃げた女と女とのあいだにできた娘は、庄内を襲った大地震の犠牲となり、もはや、この世にいない。消滅した村からやってきた天竺浪人は、十になる子息ともども、食うや食わずの暮らしを強いられてきたのだ。

誰からともなく事情を聞き、見物人たちは同情心を擽《くすぐ》られた。

父が討たれてしまったら、子の面倒はいったい誰がみるのか。

そうした心配をよそに、境内には殺気が膨らんでいった。

行司役を買ってでた勘兵衛は、奇蹟を願うしかない。

重右衛門と和枝には、すでに、真相を告げてあった。

十三年前のあの日、吹越が佳枝を連れて逃げざるを得なかったことへの理解、虚偽の証言を信じて十三年も敵を恨みつづけたことへの落胆、そして何よりも、妻であり姉である佳枝が大地の亀裂に呑みこまれたことへの衝撃、気持ちを整理するにはしばらくの時が必要だった。

だが、やはり、勘兵衛の告げた真実でさえも、強固な意志の壁を砕くことはできなかった。ふたりは葛藤を胸に仕舞いこみ、刃こぼれひとつない真剣を帯びて、約定の場所へやってきた。

勘兵衛としてはこれ以上、踏みこむことはできない。

やるだけのことはやった。あとは剣戟《けんげき》の瞬間、奇蹟が起きるのを信じるしかない。

「いざ、勝負」
馬場重右衛門が、緋色の陣羽織を脱ぎすてた。
和枝が大刀を抜きはなち、脇に三歩離れて立った。
ただの老剣士と女人ではない。物腰から推せば相当にできると、勘兵衛は読んだ。
「まいられい」
吹越平内は重々しく発し、因幡屋から借りた刀を鞘走らせた。
こちらも刃こぼれひとつない。
最後に重右衛門が抜刀すると、三本の白刃が鈍く光った。
見物人が生唾を呑む。
「いや……っ」
鋭い気合いともども、最初に動いたのは和枝だった。
青眼から突きかかり、白刃を大上段に振りあげるや、真っ向から面を狙う。
これを、吹越は頭上で受けた。
火花が散り、和枝は弾きかえされる。
が、怯《ひる》まずにふたたび、真っ向から面を狙って打ちおろす。
これをまた、吹越の刃が弾きかえす。

「いや……っ」

「なんの」

和枝が打ち、打つ、打つ、打つ。

吹越が受け、弾く、弾く、弾く。

おなじ動作が五度までつづいた。

まるで、打ちこみ稽古のようであったが、真剣だけに迫力がちがう。

見物人は身を乗りだし、瞬きもできずに凝視した。

おやと、勘兵衛はおもった。

和枝は病みあがりだというのに、息ひとつあがっていない。

一方の吹越は、わずかに呼吸を乱している。

返し技を仕掛ける余裕もないほど、打ちこみが鋭いのだ。

和枝はこの十三年を、漫然と過ごしてきたわけではなかった。

魂魄《こんぱく》の籠められた激しい打ちこみは、吹越にも通じていた。

通じるどころか、変化をもたらした。

心底に眠る武芸者本然の闘争心を、目覚めさせたのである。

わざと負けてやろうといった甘い考えは、もはや入りこむ余地もない。

「和枝どの、力量《うで》をあげましたな」

吹越の額から、鬱勃《うつぼつ》とした蔭《かげ》が消えた。

不敵に笑い、肩の力を抜き、下段にまっすぐ切先を垂らす。

「無形《むぎょう》の位《くらい》か」

勘兵衛は唸った。

敵を存分に動かして勝ちを得る。伝書に「あたかも風をみて帆をつかい、兎をみて鷹をはなつがごとし」と記された新陰流の活人剣《かつにんけん》、あらゆる形《かた》を超越した形こそが無形の位であった。

この構えをとった以上、斃《たお》すか斃されるか、決着の方法はひとつしかない。

吹越は闘争心を掻きたてられ、斬られるのではなく、斬る覚悟を決めたのだ。

「吹越どの、ようやっと本気になられたの。それでこそ、十三年待った甲斐があったというもの」

無形の位に、おなじ無形の位で応じてみせたのが、重右衛門であった。

「わしとて、かつては因幡に馬場重右衛門ありとまで称された男、ただでは死なぬ」

重右衛門は身を沈め、飛蝗《ばった》のように地を蹴った。

老いを感じさせぬ足のはこび、鏡磨きの男と同一人物にはおもえない。

「けえ……っ」

重右衛門は、八相の構えからさらに肘《ひじ》を張った。

切先で宙に八の字を描きつつ、左上段から憤然と打ちこんでゆく。

吹越はこれを霞の構えで受けながし、左手一本の片手打ちで斜に斬りさげた。

「しぇっ」

その瞬間、両者ともに顔をゆがめた。

黒い筒袖の右脇が裂け、血が流れている。

重右衛門は、がくっと片方の膝を折敷《おりし》いた。

捨て身で仕掛け、まさに、肋骨一寸を斬らせたのだ。

一方、吹越は左脇腹の古傷を痛め、腕に痺《しび》れが走っていた。

刀を取りおとす寸前で、何とか怺えてみせる。

刹那、和枝が風のように斬りこんだ。

「いあ……っ」

頭蓋の中心、人中路に沿って斬撃すべく、和枝は真っ向唐竹割に斬りさげてくる。

本来の吹越ならば、一歩遅れて斬りむすび、相手の剣を鎬《しのぎ》で弾いて勝ちを得るところであった。

しかし、手に力がはいらない。

「得たり」

気力を横溢《おういつ》させた和枝の顔がやや紅潮し、目のなかで大写しになった。

――負けたか。

吹越は悟った。

刃風が唸り、必殺の一撃が月代のまんなかに落ちてくる。

「うわああ、父上っ」

平一郎が仁王立ちで叫んだ。

一刀両断、和枝の剣が地面を峻烈《しゅんれつ》に叩きつける。

このときを待っていたかのように、雷鳴が轟《とどろ》いた。

ぽつりぽつりと降りだした雨は、車軸を流すような大雨に変わった。

九

雨はすべてのわだかまりを洗いながし、小半刻ほど経って黒雲が去ったあと、法善寺の境内は何事もなかったかのような静寂につつまれた。敵討ちの当事者も野次馬たちもすがたを消し、ただ、新枝の伸びた樹木の梢で山雀《やまがら》が騒がしく鳴いていた。

　翌日は朝から快晴となった。

　勘兵衛は浮かれた足取りで鍔店を訪れ、因幡屋の敷居を跨《また》いだ。

「これは長尾さま、お待ちしておりましたぞ」

「ふむ、姉妹の柳生鍔はまだ売っておらぬであろうな」

「ええ、もちろんですとも。なにせ、いちばんのお客さまは長尾勘兵衛さまでです。手前とて鍔をあつかって四十有余年、物の価値がわかるおひとでなければ、どれだけ小判を積まれようともお売りできません」

「よう申した、それでこそ因幡屋鉄五郎」

「恐れいります」

「なれど、こたびは残念であったな、おぬしは賭けに負けた。これも時の運とあきらめるがよい」

「長尾さま」

「なんだ」

「おはなしが、ようわかりませぬが」

「と、言うと」

「おとぼけになられては困ります。あの浪人者が討たれたときにのみ、姉妹鍔を墓前の供養にすべく遺児に譲れと、かように申されたはず」

「いかにも、そうだが」

「なれば、手前は賭けに勝ちました。だいいち、吹越平内は死んでおりませぬ。二本の足で善助店へ帰りついたところを、この目でたしかめてござります」

「それはご苦労」

「約束どおり、この籠釣瓶は手前のもの、どこの誰に売ろうが勝手でござりましょう」

「本音が出たな。なるたけ高値で売ろうと画策しておったのだろう」

「ふふ、いくら旦那でも、酢のこんにゃくのと文句を言われる筋合いはござりません」

「居直ったな。が、おぬしの負けだ。吹越平内は法善寺境内にて討たれた。馬場重右衛門ならびに船岡和枝は見事に本懐を遂げ、女敵討ちを為しとげた……とな、先刻、数寄屋橋（南町奉行所）のほうへも届け出があった。ほれ、証拠《あかし》の書面もあるぞ」

「ちょ……ちょっとお待ちを。それなら、手前がこの目でみた御仁とは」

「そやつは侍ではない。平吉とか申す蠟燭の流れ買いさ」

「なんと、苗字を捨てられたのですか」

「苗字も刀も捨てた。裸一貫、一から出直すそうだ」

「そいつは旦那の入知恵だな。くそっ、一杯食わされたぜ」

「さあ、酢のこんにゃくのと抜かさず、鍔を寄こせ」

「ちくしょうめ、もってけ泥棒」

鉄五郎は地団駄を踏んで口惜しがった。

「うへへ、意地汚ねえ商人の情けねえ面あ見るのが楽しくてな、おれは十手持ちがやめられねえのよ。じゃっ、こいつは貰ってくぜ」

勘兵衛は袖をひるがえし、鍔店をあとにした。

海賊橋までやってくると、河原から小石の弾ける音が聞こえてくる。

「ふふ、おったな」

平一郎が一心不乱に印地打ちをやっていた。

勘兵衛は眸子を細め、嬉しそうに微笑んだ。

河原に降りたち、ゆったりと近づいてゆく。

「よう」

小さな背中に呼びかけると、悲しげな顔が振りむいた。

「あ、おっちゃん」

「どうした、泣きべそを掻いておったのか」

「ちがわい」

「父が負けて口惜しいか」

「負けは負けさ、口惜しかない」

「よし、それでこそ武士の子だ」

平一郎は勘兵衛の肩越しに、海賊橋のうえを仰いだ。

旅装束の男と女が、欄干からじっと見下ろしている。

夫婦にみえるふたりは、重右衛門と和枝であった。

「ほら、お迎えだぞ」

平一郎はひとかどの武芸者となるべく、父のもとから旅立たねばならない。

それは、十の子供が自分で決めたことだ。

いつの日か、父を超える剣士になりたい。

平一郎の意を汲んだ重右衛門が、みずからの養子とすることにしたのだ。

吹越平内は苗字と刀を捨て、それと同時に、平一郎と親子の縁も切った。

勝負に負けて生きながらえる道を選んだのは、勘兵衛に「妻と娘の菩提《ぼだい》を弔《とむら》う者がいなくなるぞ」と忠告されたからだ。

不器用な平内のこと、平一郎とは別れの宴をもたなかったにちがいない。

「寂しいか」

「いいや」

「よし、それでこそ男だ」

それでこそ、荒波に立ちむかってゆける。

「これは父からの餞別《せんべつ》だ、携えてゆくがよい」

勘兵衛は「笹の雪」と「籠釣瓶」の姉妹鍔を、小さなふところにねじこんだ。

平一郎は扁平の石を握りしめたまま、口を真一文字に結んでいた。

泣くまいと、必死に耐えているのだ。

「的はあれか」

勘兵衛が顎をしゃくると、きかん気な洟垂れはこっくり頷いた。

十間ほどさきに、欠け茶碗が置いてある。

「何個投げた」

「百八十」

「なに」

「暗いうちから、ずうっと投げていたのさ……でも、一発も当たんない」

当てずに河原から立ち去れば、きっと後悔するにちがいない。

平一郎は平一郎なりに、けりをつけたいとおもっているのだ。

「よし、焦らずにようく狙え、狙ったら無心で抛る、それだけのことだ」

「それだけのこと」

「ああ、それだけのことさ、やってみろ」

「うん」

平一郎は右足に体重を掛け、左膝をすっともちあげた。

的を見下ろしながら両腕を開き、繰りだした左の爪先を地面につく。と同時に溜めた腰を捻りつつ、右腕を横手から鞭のように撓らせた。

「ふん」

小石は低空に、精緻な軌跡を描いた。

つぎの瞬間、欠け茶碗が粉微塵に砕けちる。

「やったよ、やった」

楓川の突堤に、薫風が吹きぬけた。

『うぽっぽ同心十手綴り　恋文ながし』二〇〇六年二月　徳間文庫

中公文庫

うぽっぽ同《どう》心《しん》十《じっ》手《て》綴《つづ》り

恋文《こいぶみ》ながし

2022年11月25日　初版発行
2023年12月15日　５刷発行

著　者　坂《さか》岡《おか》　真《しん》

発行者　安部順一

発行所　中央公論新社
〒100-8152　東京都千代田区大手町1-7-1
電話　販売 03-5299-1730　編集 03-5299-1890
URL https://www.chuko.co.jp/

ＤＴＰ　ハンズ・ミケ
印　刷　大日本印刷
製　本　大日本印刷

Published by CHUOKORON-SHINSHA, INC.
Printed in Japan　ISBN978-4-12-207283-1 C1193

中公文庫既刊より

各書目の下段の数字はISBNコードです。978－4－12が省略してあります。

き-17-11
魂の沃野（下） 北方謙三
蓮如の吉崎退去、小十郎の恋、そして守護・政親の強権。加賀の雪が、血に染まる時が近づいていた。一向一揆を生きた男たちそれぞれの明日。〈解説〉清水克行
206782-0

き-17-12
悪党の裔《すえ》（上）新装版 北方謙三
目指すは京。悪党の誇りを胸に、倒幕を掲げた播磨の義軍は攻め上る！ 寡兵を率いて敗北を知らず、建武騒乱の行方を決した赤松円心則村の鮮烈な生涯。
207124-7

き-17-13
悪党の裔（下）新装版 北方謙三
おのが手で天下を決したい――新政に倦み播磨に帰った円心に再び時が来た。尊氏を追う新田軍を食い止めるのだ！ 渾身の北方「太平記」。〈解説〉亀田俊和
207125-4

は-72-3
御蔵入改事件帳 早見俊
元長崎奉行の荻生但馬は、幕府の新役である御蔵入改方頭取を拝命した。町奉行所や火付盗賊改が取り上げない訴えや未解決事件を探索するため、江戸を奔る！
206842-1

は-72-5
御蔵入改事件帳 見返り橋 早見俊
江戸の未解決事件はおれたちに任せろ！ 訳あって長崎奉行を罷免された荻生但馬が、新役の御蔵入改方頭取に。個性豊かな五人組が悪を討つ。文庫書き下ろし。
206980-0

は-72-6
御蔵入改事件帳 世直し酒 早見俊
御蔵入改の紅一点・お紺は、大坂生まれのすり「猿寅のおっちゃん」から、曰く付きの財布をすってしまったと相談を受け……（表題作）。文庫書き下ろし。
207048-6

は-72-7
御蔵入改事件帳 しくじり蕎麦 早見俊
南町奉行所元臨時廻り同心の大門武蔵は、御蔵入改の同僚である幇間・喜多八に唆され、蕎麦の大食い大会に出場したが……（表題作）。文庫書き下ろし。
207115-5

は-72-8
御蔵入改事件帳 消えた隠居資金 早見俊
御家人の本郷竹次郎が荻生但馬を訪ねてきた。「信玄講」という集団が、貧者たちの老後資金を騙し取っているというのだが……（表題作）。文庫書き下ろし。
207211-4